KB204061

유턴

한진호 소설가의 약학 장편소설

개미

소설 유턴(U-turn)을 출간하며

'문학은 결핍과 방황과 고뇌의 산물이라고 한다.'

초등학교 4학년 6·25 전쟁 때 갯마을 외갓집으로 피난을 갔다. 외사촌 누이와 이종 누이의 사랑을 받으며 갯벌에서 고동도 줍고 예쁜 조약돌 주워 공기놀이가 참 재미있었다. 썰물에 물이 빠지면 어살 안에 갇힌 갈치, 숭어, 꽃게가 허둥댈 때 작살로 찍어 망태기에 집어넣는 즐거움은 지금 생각해도 통쾌한 일이었다.

집 떠나와 외로울 겨를도 없이 바다는 나의 친구가 되어 같이 놀아 주었다. 파도가 '쏴악' 밀려왔다가 '쓰르르' 밀려갈 때마다 모래톱을 만들면 나의 얼굴도 그리고 누이의 예쁜 얼굴도 그리며 시간 가는 줄도 모르게 하루가 지나가고 일몰의 환상적인 풍광에 감탄하기도 하였다. 감수성 예민한 사춘기에 온 식구들이 나에게 베푸는 애정에 감사했고 집에서 느껴보지 못한 누이들의 사랑에 매일매일이 행복한 하루였다.

성장기에 느꼈던 바다의 서정이 오늘의 문인으로 탄생한 게 아닐까 생각이 든다. 그래서 일까! 내 작품에는 바다에 대한 추억으로 쓴 시가 많다. 또한 사춘기에 누이에서 느꼈던 야릇한 연민의 정은 이성에 대한 성숙한 그리움으로 변하여 공허감을 메우기 위해 만화나 이광수의 소설 『흙』을 읽었던 기억이 난다.

떠나간 연인을 그리워하는 절절한 사연도 나온다. 소설 속에 나오는 이상형의 여성을 짝사랑하였던 것일까! 팔순이 된 지금도 마음만은 청춘이다.

'문학은 나의 생명수!'

고통의 고비마다 나를 지켜주었고 삶의 카타르시스로 감정을 다스릴 수가 있었다. 고목에도 꽃이 핀다. 그 꽃의 향이 더욱 짙은 것은 방황과 고뇌하는 삶의 진솔함이 녹아 있기 때문이 아닐까 생각해본다.

약학 소재의 탐구 소설 『유턴(U-turn)』은 내 생애의 특산물이다.

약사로서 50여 년 살아오면서 느끼고 이루지 못한 소망을 소설이란 기법으로 표출함으로써 대리만족 즉 대상행동(substitute behavior)에서 찾으려 시도해 보았다.

우리 생활의 주변 정치, 경제, 사회적인 모순점을 제시하고 풀어나가는 과정으로 투사(投射)하여 대리만족하려 했지만 결국은 또 다른 문제점을 남기는 사회적 고리를 타파하지 못해 아쉬움을 금할 수가 없다.

오늘이 있기까지 나를 도와주신 선생님들께 감사와 존경을 드립니다. 문학박사 김우영 작가님(중부대 교수), 김명순 교수님(시민대학), 박헌오 교수님 세 분 교수님은 지금도 사사를 받고 있는 고마운 선생님이시다.

그리고 그 누구보다도 삶의 현장을 잘 보살펴주신 아내 김정자 여사에게 정중히 고개 숙여 감사드린다. 또한 늘 깊은 애

정으로 아빠를 사랑하고 있는 지언, 지혜, 영윤, 영아에게 고
맙다는 인사를 한다.

　더불어 복 교수, 강 박사, 이 약사, 서 사장 네 사위에게 평
소 사랑과 관심을 듬뿍 받고도 오늘에야 이 자리를 빌어 감사
드린다. 그리고 이번에 기꺼이 출판을 맡아준 도서출판 개미
의 최대순 대표와 편집진에게 감사의 말씀을 올립니다.

2021년 7월. 집필실에서
주촌(周村)

소설가의 말

차례

U –turn 1

U-turn 1

마르티니의 서곡

"오후 19시 서울발 KTX 열차는 대전에 19시 52분에 도착하겠습니다. 편안한 여행되시도록 안전하게 모시겠습니다."

안내방송이 나오자 열차는 스르르 밀려가고 있었다. 창가라고는 하지만 사위가 어둠이 내리기 시작하였다. 가로등과 멀리 깜박이는 불빛만 보일 뿐 시야는 어둠이었다. 침묵과 어둠만이 깔리고 있었다. 주정진은 잠시 눈을 감았다. 정지용의 시 〈향수〉처럼 '꿈엔들 잊을 리 없는 시절'이 달리는 열차의 주마

등처럼 머릿속을 스치고 있었다.

정진은 장안의 명문 서울대학을 졸업하고 군에 입대했다. 졸업 후 여기저기 이력서를 넣었으나 군대 미필이라고 하여 접수도 안 했었다. 당시는 5·16 군사혁명정부 시절이라 군대 복무가 우선이었다.

하얀 함박눈이 소복이 쌓인 날씨도 쌀쌀한 2월 어느 날. 정진은 논산훈련소에 입소하여 7주간의 교육을 받고 간 곳은 대구 군의학교였다. 이곳의 교육은 약학대학 1학년 때 교양과목으로 배운 공중보건학, 응급처치술, 주사 놓는 법 등의 교육이었기에 정진에게는 식은 죽 먹기였다.

정진은 전공을 찾았고 교육이 끝난 7월. 전방의 메디컬부대 사령부 의무중대에 배치되었다. 그곳은 3·8 이북에 있는 부대로서 저녁만 되면 북한군의 대형 스피커에서 노랫소리가 골자기에 울려 퍼졌다.

홍난파 작, 봉선화

울밑에선 봉선화야/ 네 모양이 처량하다/ 길고 긴 날 여름철에/ 아름답게 꽃필 적에/ 어여쁘신 아가씨들/ 너를 반겨 놀았도다.

이 노래는 일제시대 나라 없는 민족의 슬픔과 애환을 노래한 우리 민족의 애창곡이다. 또 어떤 때는 '사공의 노래'도 흘러 나왔다. 고향 떠나 외로운지라 왠지 슬퍼지고 가슴이 미어지는 느낌과 서러움이 가슴을 울리는 처량한 노래로서 북한군이 아군 진지를 향하여 외롭고 쓸쓸한 밤을 더욱 부채질하는 선전용 방송이었다.

때로는 삐라를 뿌려 자기들에게로 항복해 오면 북한의 최고 영웅으로 추대한다고 선전하는 일종의 심리전이었다. 휴전은 되었지만 총성만 멈췄을 뿐 아직도 전선은 전쟁상태였고 또 간간히 벌어지는 총격전에 사상자도 발생하기도 했다.

북한은 한국전쟁을 도발한 침략자로서 아직도 제 버릇 고치지 못하고 지금도 기회만 있으면 도발하는 못된 괴뢰집단이다. 6·25 한국전쟁으로 유엔군, 한국군, 민간인 포함하여 사상자 수는 500만 명 이상이었다고 하니 엄청난 비극이 아닐

수 없다. 그 막대한 규모의 장비와 수많은 UN군이 참전하였으며 희생자 또한 너무 많았다.

참전국 또한 2차 대전 이후 세계대전을 방불할 정도로 미국을 비롯하여 전투 참전 16개국에 의료 기타 장비 지원 5개국에 총 21개 나라가 참전하였다. 우리는 다시 한번 우방에 감사해야 할 것이다. 이 나라를 공산주의로부터 지켜온 값진 희생의 대가로 현재 대한민국이 존재하는 것이다.

정진은 주특기(특기병과)를 살려 메디컬부대 사령부 의무중대 약제계에 배치되었고 군의관은 서울대학교 출신 김 중위였는데 영국 신사 같이 온유한 성품이고 자존심이 강한 정진과는 부대 생활에는 호흡이 잘 맞았다. 정진은 대학시절 학생회 활동을 비롯해 각종 운동을 좋아했고 매사에 능동적이고 긍정적으로 살아가는 성격이었다. 가정이 어려웠던 그 시절 산전수전 다 격은 그는 군생활에서도 다른 누구보다도 친화적이고 긍정적이라 가는 곳마다 호감을 샀다. 이곳 부대에서도 그는 군의관과 선임하사, 선배들에 인정받는 성실파로서 신병으로서는 비교적 빠르게 업무에 익숙하게 되었다.

며칠 후 의무중대장의 주선으로 신병 환영회가 열렸고 화기 애애한 분위기 속에 격의 없는 대화가 그들을 더욱 가깝게 만들어 갔다. 부대 의무중대원들은 거의 학부 출신으로 수준 높은 덕망과 학식에 존경의 대상이었다. 또한 행정업무에서부터 환자 처치법, 수술 등 실제 많은 것들을 후배들에게 가르쳐 주었다.

특히 신 병장의 포경수술은 전문의 못지않게 잘하여 일요일에는 외출도 못할 정도로 바빴고 그에 따른 약간의 수입(대포값 정도의 자발적인 사례금)이 있는 날은 외출 못한 대원들과 입원환자를 위한 위로의 회식을 갖었다. 같은 부대의 신 병장은 서울 출신으로 매너가 좋고 옷매무새도 깔끔하니 멋쟁이로 통했다.

군의관 김 중위는 의사로서 뿐 아니라 시사, 철학에서도 수준 높은 실력파였다. 북한군 스피커는 한밤중에도 계속 떠들어댔고, 노랫소리는 우리들의 대화도 불편하게 만들 정도로 시끄러웠다. 술잔이 몇 잔 돌아가자 군의관 김 중위가 불편한 심기를 드러냈다.

"저들(북한군)은 밤만 되면 떠들어대니 하여간 못 말린다니까! 밤낮없이 떠드니 시끄러워 못살겠어……?"

그도 그럴 것이 군의관이 이곳에 부임한 지 벌써 2년이 넘었고 미운 정 고운 정 부대 생활에 정이 들었지만 저렇게 떠드는 스피커 소리에 6개월 된 아들이 밤에 잠을 못 잔다는 것이다. 이어서 기다렸다는 듯이 고려대학교 법대 출신 신 병장이 율사답게 한마디 했다.

　"군의관님! 도대체 공산주의 정체가 무엇이기에 6·25 남침도 모자라 또 저렇게까지 도전해야 하는 겁니까?"

　군의관도 거침없이 일갈하였다.

　"원래 공산주의는 이 세상의 유토피아야! 논리대로라면 말야. 저들은 이념만 번들한 왜곡된 공산주의 특정 집단을 위해 국민 노동자들의 자유, 권리, 행복을 말살하고 백성을 우습게 보는 이 지구상에 유일한 독재국가란 말야⋯⋯."
　"주정진 일병 자네 생각은 어떤지 말해보게나."
　"예, 군의관님. 맞습니다. 칼 마르크스의 자본론에 의하면 노동자만이 잉여가치를 창출하면서도 자본가가 모든 이윤을 가로챈다는 것 아닙니까? 즉, 자본가가 근로자를 착취해서 악덕하게 돈을 긁어모은다는 게 그들의 논리이지요. 그들이 주장하는 이론은 가난한 노동자들을 현혹시키는 달콤한 얘기가 되지요. 즉, 공산주의는 사유재산을 폐지하고 모든 재산을 국가가 소유하고 부의 재분배를 통해 다 같이 잘살자는 거 아니겠어요? 그런데 그게 그럴니까? 지금의 북한을 보세요! 잘살기는 고사하고 굶어 죽는 사람이 얼마나 많습니까? 그래서 공산주의는 이념은 그럴듯하지만 1인 독재로 인민을 노예 취급하며 인권도 자유도 없는 처참한 생활하는 현실 아닙니까?"

이어서 고려대 출신 서 일병이 한마디 거들었다.

"공산주의 선언은 1848년 칼 마르크스와 엥겔스가 선언한 이론이지요. 즉 부르주아적 소유의 철폐와 사유재산의 폐지가 프롤레타리아 계급 즉 빈민층이 잘살 수 있는 유일한 수단이라는 거 아닙니까? 하지만 세계 인류는 그 자체를 인정하지 않고 사유재산을 법적장치로서 보장되는 자유민주주의를 선택함으로써 공산주의 사상은 스스로 무너져버린 셈이지요. 저 유명한 볼셰비키 혁명이 바로 노동자를 선동하여 로마노프 왕조를 무너트린 공산주의 혁명 아닙니까? 그러나 공산당의 통제, 간섭, 지시는 결과적으로 자본주의보다 더 많은 고통과 희생을 요구하지 않습니까? 인간사회에서 영원히 퇴출되어야 마땅하다고 생각합니다."

"그래, 서 일병 말이 맞아."

군의관이 시원하다는 듯이 모두의 말에 동의했다.

"자 오늘은 여기서 끝내지……."

군의관이 먼저 자리에서 일어나자 일행은 각자 부대로 돌아 갔다. 정진은 약제계 보급을 맡아 하루 일과가 정신없이 바쁘게 지나갔다. 입원환자를 비롯해서 외래환자가 붐볐고 오후 일과 후에는 바둑으로 시간을 보내기도 했으나 일과 후가 더 바쁠 때가 많았다. 사령관 사모님이 편찮으시다고 진료 부탁이 오면 의례 정진 몫이다. 또 중대장 부인, 성 과장 부인들한 데서도 간간이 부탁이 온다.

약제실에서 각종 약을 챙겨 똥가방(구급가방을 우리는 그렇게 부른다.)을 들쳐메고 전곡시내로 나온다. 정진은 부인들에게도 명문대학 졸업과 성실파로 인정받아 인기가 좋은 편이었다. 특히 짓궂은 부인은 장가는 갔냐? 집은 어디냐? 나이는? 꼬치 꼬치 물어서 중매한다고 난리다.

이 억척스런 부인들 꼬임을 일거에 배척하는 방법은 '나는 유부남이요'라고 선전하는 것이다. 그해 여름 어느 날 부대에 없는 약을 구입하기 위해 시내 J약국을 들렀다.

"K-마이신 있습니까?"
"네, 있어요."

미모의 여약사가 반가이 맞아준다. 정진은 자기소개부터 했다. 같은 약사로서 직업에 대한 연민의 정 같은 것을 느꼈고 김 약사는 왠지 다정다감하게 마치 오래전부터 알고 지내는 사이 같이 느껴졌다. 그렇게 여러 번 약국을 찾다 보니 서로 밀도 높은 우정 아닌 우정이 소록소록 싹트기 시작했다. 정진은 시내만 나오면 발걸음이 자기도 모르는 사이에 자꾸만 그쪽 방향으로 향하곤 했다.

"정진 씨! 오늘요, 제가 월급날인데요. 한턱 쏠게요……."
"아이고 고맙지요. 허허허——"

원래 중국음식을 좋아하는 정진은 오늘이 바로 생일날 같았다.

'아! 이게 얼마만인가!'

짜장면에 탕수육이면 정진이 제일 좋아하는 음식이다.

"경화 씨! 정말 맛있게 잘 먹었습니다. 감사합니다."

그냥 의례적인 인사가 아니었다. 정진은 오랜만에 포식을
하였다.

"정진 씨! 저기에 탁구장이 보이지요!"

둘이는 엎치락 뒤치락 몇 게임을 진행했으나 승부가 안 났
다.

"우리 내기해요."

경화는 제안을 했다.

"지는 쪽은 이긴 쪽의 요구를 들어주기요."
"글쎄요, 그게 뭔지는 모르지만 하여튼 해봅시다."

실력이야 정진이 월등했지만 상대의 기분을 살려주느라 더러는 져주기도 했다. 그런데 이게 정확히 여약사의 타겟이 되고 말았다.

"내일 토요일 서울 가시지요? 저와 같이 가는 거요."
"그러지요. 임도 보고 뽕도 따고요. 허허허—"

정진도 싫어하지는 안 했다. 음악 감상하면 역시 서울의 문화중심타운 명동에 있는 '돌채'였다. 당시 돌채는 포스트모더니즘을 추구하는 시인과 화가, 음악인들의 명소인 동시에 젊은 남녀의 사교의 장소로 유명했다. 그렇게 둘은 가까워졌다. 또 자기 집은 혜화동이라면서 집에도 초대했다. 정진은 잠시 생각에 잠겨 스스로 자문해봤다. 과연 내가 경화를 좋아하고 있나? 그러나 그것은 잠시의 공상일 뿐 일상생활은 항시 그녀에 대한 그리움뿐이었다.

약국 주인 원 장로는 착실한 기독교 신자에 믿음이 가는 인품이 상대를 압도하고 있었다. 어느 날 그가 말했다.

"두 분이 잘해보셔! 김 약사 괜찮은 사람이야…… 주 병장이야 서울대 출신이니깐 손색이 없고······!"
"아이고 고맙습니다."

원 장로는 두 사람 사이를 살살 부채질하는 바람에 더욱 가
까워지고 있는지도 모른다.

"정진 씨! 오늘 우리 포천에 있는 포도밭 가요! 우리 약국
원 장로님의 포도원이 있지요."

칠월 초순이라서 벌써 포도맛이 들어 달콤새콤하니 먹을 만하
게 익어가고 있었고 알알이 박힌 포도송이가 귀엽기만 하였다.

"경화 씨! 그거 있지요. 시 '청포도' 이육사 시인님요?"
"어머나 그 시를 외우세요. 그럼 낭독해주세요. 호호호······!"

내 고향 칠월은
청포도 익어가는 시절.

이 마을 전설이 주저리주저리 열리고
먼 데 하늘이 꿈꾸며 알알이 들어와 박혀

하늘 밑 푸른 바다가 가슴을 열고
흰 돛단배가 곱게 밀려서 오면

내가 바라는 손님은 고달픈 몸으로
청포를 입고 찾아온다고 했으니,

내 그를 맞아, 이 포도를 따먹으면
두 손을 함뿍 적셔도 좋으련.

아이야, 우리 식탁엔 은쟁반에
하이얀 모시 수건을 마련해 두렴.

정진은 막힘없이 이육사 청포도를 술술 외웠다.

"어머나 정진 씨 대단하다. 시 감각이 뛰어나요! 시인 소질
이 다분해요!"

정진은 대학시절 문예반에서 활동했고 또 작품 발표도 해본
터라 경화 얘기가 과장이라고 생각은 안되었다.

"경화 씨! 이 포도가 우리 몸에 어디에 좋은지 아세요?"

"아, 그거요, 있잖아요. '레스베라트롤'이라고 항산화작용 물질요. 포도 산지인 프랑스 사람들은 '레드 와인'을 많이 먹어서 그런지 동맥경화, 심근경색 같은 혈관질환이 별로 없대요. 그리고 포도에는 항 노화 물질이 다량 함유되어 유럽 사람들의 평균 수명도 높다고 합니다."

이런저런 사연 속에 시간은 흘러갔고 둘은 어느새 연인 사이가 되어 있었다. 어느 여름밤 유유히 흐르는 한탄강변 고운 모래사장에서 둘이는 자연스러운 포즈에 서로의 입김을 나누었다. 그녀의 풍만하고 뭉클한 젖가슴에 정진은 욕정의 불기둥이 머리끝까지 치솟아 올랐다. 정진의 한쪽 손이 그녀의 치마를 내리고 있었다.

"아! 정진 씨! 안 돼요!"

그러나 이미 둘은 한데 엉겨 붙어 깊은 호흡을 조절하고 있었다. 얼마만인가! 정진은 조용히 눈을 감고 황홀에 젖어 잔잔한 바다 위에 순풍에 밀려가는 돛단배 같이 흘러가고 있었다.

인생 극치의 '파라다이스'가 이것이란 말인가! 멀리서 성당의 종소리가 바람결에 은은히 들려왔다. 또한 선녀가 하얀 구름을 타고 넘실넘실 춤을 추고 있었다.

"정진 씨! 난 이제 천하를 다 얻었어요. 정진 씨만 같이 간다면 이 세상 끝까지라도 좋아요!"

둘이는 모래사장 위를 걷고 있었다. 정진은 잠시 상념에 잠기었다.

"참, 경화 씨 저 다리 무슨 다리인지 아세요?"
"글쎄요, 그건 왜요?"
"저 다리가 6·25 한국전쟁 때 유명한 한탄강 전투로, 미군 1개 중대가 잠복했다가 북한군 1개 연대를 섬멸시킨 승전기념의 다리지요. 에반스 다리, 중대장 마크 에반스를 따서 그냥 에반스라고도 하지요. 참, 경화 씨! 다리하면 생각나는 다리……뭘까요?"

정진은 서슴없이 아폴리네르의 '미라보 다리'를 낭송하고 있었다.

미라보 다리 아래 센 강이 흐르고
우리의 사랑도 흐르는데
나는 기억해야 하는가
기쁨은 늘 괴로움 뒤에 온다는 것을

밤이 오고 종은 울리고
세월은 가고 나는 남아 있네

조용히 시낭송을 감상하던 경화가 손을 저으며 제지한다.

"아! 슬퍼요?"
"이 시 결론은 뭔지 아세요? 서로 이별하는 슬픈 사연이지요."
"아! 맞아요. 정진 씨. 슬퍼요."

그럼 이 시는 어떨까요? 정진은 즉흥시를 읊었다.

에반스교 다리 아래/ 한탄강은 유유히 흐르고/ 달빛 교교히 비치고/ 별빛도 빛난다/ 끝없이 흐르는 영겁 속에/ 우리들의 사랑 싣고/ 이 세상 끝까지.…… "아 다음은 생각 않나네."

그다음은 경화가 채웠다.

배 띄워 노 저어서/ 영원한 별빛 등대 삼아/ 이 세상 끝까지 / 당신과 나 한 몸 되어/ 모진 풍파 닥쳐도/ 슬기롭게 헤쳐나 가리.

"아. 멋져요. 경화 씨. 시인이 다 되었어요."
"뭘요……!"

경화는 수줍어하면서도 정진이 못 채운 부분을 보충해서 시 한 수를 완성했다는 것에 가슴이 뿌듯했다.

"정진 씨! 다음 주 휴가라고 했지요. 우리 '산정호수'에 가 요. 이곳에서 가깝고도 경치가 수려하며 조용하니 연인들에게 는 끝내준대요."

경화는 항시 그랬다. 매사를 주도적으로 끌고 나갔고 적극 적이었다.

"글쎄요. 우선 고향 부모님한테 인사드리고 시간되면요……."

정진은 깊은 생각을 하다가 말했다.

"참! 다음 달에 군대 제대 명령을 통보받았어요."

경화는 제대 소리에 눈이 휘둥그레졌다.

"어머나? 벌써 그렇게 됐나요! 아! 축하해요. 그리고 정진 씨, 서울 가실 때 같이 나가요."

정진은 몇 군데 신고를 해야 했다. 그동안 신세도 많이 졌고 도움도 받았던 민간인들에게도 인사를 빼놓치 않았다. 원 장로께도 인사차 들렀다.

"장로님 그간 신세 많이 졌습니다. 감사했습니다."
"주 병장, 내가 이 얘기를 꼭 해줘야 할 것 같아서 말인데……
우리집 김 약사 말야…… 학교 때 사귀었던 남자가 그저께 왔다 갔어요."

순간 정진은 뒤통수를 쇠뭉치에 얻어맞는 것같이 머리가 아찔했다. 이때만 해도 둘은 철석같이 믿고 사랑하는 한 쌍의 원

앙 커플이었다. 정진은 의아한 듯 물었다.

"그래요, 그럼 지금도 좋아해서 찾아왔나요?"
"그건 나도 몰라……알아서 처신하셔……."

다음날 만난 경화가 말한다.

'정진 씨! 오늘 서울 가실거죠? 제가 표 끊어 놓을게요. 같이
나가요?"
"아닙니다. 경화 씨 내가 몇 군데 인사할 곳이 남았습니다.
경화 씨 먼저 가세요. 그리고 돌채에서 5시에 만나요."
"예, 알았어요."

그런데 오늘따라 정진의 표정이 평상시와는 다른 어두운 그
림자가 그녀를 왠지 불안하게 했다. 정진은 눈을 감고 한참 동
안 생각에 잠겼다. 원 장로의 마지막 한마디가 머릿속을 괴롭
히고 있었다.

"알아서 처신하라!"
"……?"

귓전에서 맴돌고 있었다. 그동안 쌓아 올린 '사랑의 기쁨'이 허물어지는 것 같았다.

'모두가 수포로 돌아간단 말인가! 이제껏 좋아했던, 아니 죽도록 사랑했던 사이가 한순간 물거품이 되어 가고 있구나? 아니다, 일단 본인한테 확인이 필요하지……'

원 장로한테 대충 얘기를 들은 경화는 불안한 마음으로 밤을 꼬박 세웠다. 정진의 소식이 궁금하여 출근했지만 안절부절못하였다. 정진은 경화를 만나 자세한 얘기를 듣고자 구급낭을 메고 시내로 나왔다. 약국에 들르니 전부들 반가워했다. 마치 이산가족이라도 만난 듯이 반겨주니 순간의 기쁨이었다.

"어머나! 정진 씨!"
"……?"

경화는 정진을 보자 반갑기 한이 없었지만 속으로는 불안한 그늘이 있었다. 정진도 마찬가지로 무언가 전과 달리 선뜻 말도 못 꺼내고 엉거주춤 서 있었다. 눈치 빠른 원 장로가 시간을 내주었다. 잠시 대화를 나눈 뒤 자세한 얘기는 내일 서울

　　　　　　　　U-turn 1 마르티니의 서곡

명동 음악다방 '돌채'에서 만나기로 약속하고 바로 부대로 돌아왔다.

먼동이 붉은색 노을을 뿌리며 아침 해가 솟아오르고 있었다. 갑자기 앰뷸런스의 거친 숨소리가 조용한 계곡에 요란하게 울리고 있었다. 왠지 예감이 좋지가 않았다. 잠시 후 온몸이 피투성이 된 보기에도 끔찍한 현상이 눈앞에 나타났다. 순찰 도중 부비트랩을 건드려 지뢰가 폭발하였고 왼쪽 다리에서 심한 출혈로 봐 파편이 깊이 박혀 있을 것 같았다. 우선 지혈을 시켜야 했다. 힘 좋은 김 병장이 지혈대를 힘껏 조여 맸다. 그리고 링거를 꽂자 군의관인 김 의무중대장이 후송일지를 쓰고 앰뷸런스에 실고 제3 이동육군병원으로 향했다. 군의관은 계속 맥박과 동공을 살피면서 운전기사를 독촉했다. 10여 분만에 무사히 제3 이동육군병원까지 오자 헬리콥터가 날고 환자는 다시 서울 수도육군병원으로 이송되었다. 일단 소임을 끝낸 군의관 김 중위와 환자계 김 병장도 안도의 한숨을 쉬고 앰뷸런스는 부대로 향했다.

부대에 돌아오니 비상이 발령되어 있고 모든 부대원들은 외출금지였다. 11시가 넘어서야 아침식사를 마친 정진은 화랑

담배 한 개비를 물고 불을 당긴 후 힘껏 빨았다. 파란 하늘에
는 무심한 흰 구름 몇 점이 유유히 흘러가고 있었다. 그제서야
서울 돌채다방에서 경화와 5시에 만나기로 한 약속이 생각났
다.

그러나 비상이라 꼼짝을 못하고 연락도 취할 방법이 없었
다. 혼자 기다리고 있을 경화를 생각하니 안타깝고 마음만 저
렸다. 왜 하필 이때 비상까지 걸린단 말인가.

군대에서도 '머피의 법칙(Murphy's law)'이 적용되는 건가!
설상가상으로 밤 11시인데 간첩이 출몰하여 사령관 숙소가
위험하다는 급보가 왔다. 지리 여건상 사령관 숙소에서 제일
가까운 부대인 의무중대와 헌병대, 방첩대에서 특공대가 편성
되었고 서 병장과 정진도 한 대원이 되었다. 무장은 M1 소총
에 실탄 100발과 수류탄 5개를 지급받았다. 별빛조차 없는
칠흑 같은 밤이었다.

서 병장은 원래 용감무쌍하고 매사에 적극적인 성격을 정진
은 높이 평가하고 있었다. 부대 내에서도 둘이는 호흡이 잘 맞
아서 단짝이 되었고 매사에 리더로서 활동하고 있었다. 서 병
장이 앞서 낮은 포복으로 조심조심 산등성이를 향해 오르고

그 뒤를 정진이 따르고 있었다. 그때였다. 5미터 전방에서 바스락 소리가 감지되었고 정진은 방아쇠에 검지를 올려놓고 격발하려는 찰나였다. 산토끼 한 마리가 놀라서 삼십육계로 내달려 도망쳤다. 정진은 안도의 한 숨을 쉬고 마음을 평정하였다.

하지만 아직도 적은 어디에 숨어 있는지 모를 일이었다. 모골이 송연하여 온몸에서 소름이 끼쳤다. 그것도 잠시 어느새 동녘에는 노을 물결이 불그스레하니 비치고 있었다. 비상은 해제되었다. 태풍이 지난 후 고요한 바다같이 긴장이 풀리자 조름이 오기 시작했다.

한편 경화는 오후 5시. 서울 명동에 있는 음악다방 '돌채'에서 2시간 동안을 기다렸으나 정진한테 아무런 연락이 없자 그냥 돌아왔다. 왠지 불안한 마음을 금할 수 없었다. 이 생각 저 생각하다가 돌아서는 발걸음은 무겁기만 하였다.

정진은 넘치는 바쁜 업무에 눈코 뜰 새 없었다. 잠시 짬만 나면 서로의 궁금증과 상상의 나래는 풍선같이 자꾸만 커져가고 있었다. 옛말에 '일일여삼추(一日如三秋)'라 했던가. 불과 일주일인데 기다림이란 그렇게 먼 세월이었다. 일주일이 지나고 토요일이 되었다. 이번에는 모든 궁금증을 밝혀야지 다짐을 하고 약국으로 달려갔다. 그러나 업무가 바빠 경화에게 눈인 사와 메모만 남기고 부대로 되돌아왔다.

미진한 업무를 정리하고 오후 2시 30분 버스를 예매하였다. 주말 경화와 약속으로 서울에 갔다. 명동에 있는 음악다방 '돌채'는 젊은 대학생들이 많이 몰리는 곳이라 복잡하긴 했지만 바로 자리 잡을 수 있었다. 비교적 한가한 쪽으로 자리를 정했다. 갑자기 정진의 목소리가 퉁명스럽고 힘없이 가라앉아 있었다. 경화는 금방 분위기를 알아차렸는지 평소 발랄하고 예쁘장한 얼굴에 수심이 차오기 시작했다. '도둑이 제 발에 저리다'는 속담 같이 무언가 예감이 좋지 않았는지도 모른다. 정진보다 경화 쪽에서 불안과 근심의 표정이 역력했다.

"오늘 장로님한테 얘기 다 들었습니다. 도저히 믿어지지가 않는군요! 사실대로 말해주시지요!"
"……!"

경화도 원 장로한테서 대충 듣고 나오긴 했지만 정진한테 뭐라고 해야 할지 준비가 안 된 채로 나와 당황하기만 했다.

누가 먼저 말을 꺼내지도 못하고 시간은 그렇게 한참 흘러가고 있었다. 마침 그때였다. DJ의 음반이 바뀌고 마르티니의 이태리 가곡 '사랑의 기쁨'이란 음악이 흘러나왔다.

사랑의 기쁨은 한순간이지만/ 사랑의 슬픔은 영원하지요/ 당신은 아름다운 실비아를 위해 저를 버렸고/ 그녀는 새로운 애인을 찾아 당신을 떠나요/ 사랑의 기쁨은 잠시 머물지만/ 사랑의 슬픔은 평생을 함께 하지요//

가곡의 사연은 변함없는 사랑을 맹세한 애인의 사랑이 허무하게 무너지고 있다는 것을 암시하고 있었다. 순간 그 노랫소리는 정진의 가슴에 억제할 수 없는 슬픔이 폭포수처럼 덮쳐와 정신이 혼미하였다. 가슴이 요동치고 있었다.

마르티니(Jean Paul gide Martini:1741~1816)는 이태리 가곡 '사랑의 기쁨'을 작곡한 프랑스 작곡가이다. 오르간 연주자인 장 폴 에지드 마르티니는 불후의 명성을 안겨주었던 음악은 유명한 '로망스'이다. 그리고 '사랑의 기쁨'이라는 곡명과는 달리, 변함없는 사랑을 맹세한 애인의 사랑이 허무하게 변한 것을 슬퍼하는 비련의 노래이다.

'사랑의 기쁨'은 어느덧 사라지고 사랑의 슬픔만 남았네. 눈물로 보낸 나의 사랑이여, 그대 나를 버리고 가는가? 아! 야속한…… 이라는 내용의 이탈리아 가곡은 실비아라는 여인과의 이루지 못한 사랑에 대한 애절함과 그리움으로 가득한 한 사나이의 심정을 노래한 곡이다. 지나간 사랑을 잊지 못하고 괴로워하는 마음을 선율과 화음이 잘 어우러져 표현한 것이 이 곡의 특징이기도 하다.

서울 음악다방 '돌채'에서 흘러나오는 마르티니의 이태리 가곡 '사랑의 기쁨'은 마치 현재의 두 사람 관계를 극명하게 표현하고 있었다.

"저, 경화 씨. 아무리 생각해 봐도 이해가 안 갑니다?"
"아! 정진 씨! 그건, 그것은 저 학교 시절 클래스메이트였고 가까이 사귄 것도 확실해요. 하지만 지금은 아니에요."

그는 스스로를 부정하고 있었다. 그러나 정진은 이미 결심한 상태였다. 얼굴이 사색이 된 경화는 막 울음이 터져 나오기 직전의 야릇한 표정으로 정진을 응시하고 있었다. 그 표정이 원망의 표정인지 회한의 뜻인지 정진은 알 수 없었으나 이미 마음을 결심한 상태였다.

"왜? 진작에 말 안 했지요?"
"……!"

경화는 할 말은 많았지만 도대체 입이 열리지 않았다. 자존심도 상하고 '우리의 사랑의 깊이가 이렇게 연약한 것인가?' 하고 생각하니 허무하기도 하고 이해 못하는 정진이 원망스럽기도 하였다. 정진의 의중을 알고 있는 듯 그녀는 스스로 무너지고 있었다. 아니 굳이 변명한다는 것이 구차하고 자존심이 상했는지도 모른다. 서울 명동의 음악다방 '돌채'에서 흘러나오는 마르티니의 이태리 가곡 '사랑의 기쁨'이 슬픈 두 남녀의 심금을 더욱 세차게 때리고 있었다. 30여 분 시간이 지날 때까지 둘은 말이 없었다. 드디어 정진이 입을 열었다.

"경화 씨! 우리가 그동안 좋아했던 것도 사실이고 또 미래를 꿈꾸었던 것도 사실이었지만…… 여기서 정리를 해야겠습니다. 당연히 갈 길이 따로 있으니 각자의 길로 갑시다. 아니 더 이상 할 말도 없어요?"
"자, 그럼!"

"……?"

"어머나 정진 씨. 나는 어쩌라고……?"

정진은 단호하게 말하며 일어났다.

"U-turn하는 수밖에 없지요. 어차피 우리네 U-turn이 아닌가요?"

경화는 슬픈 사슴의 눈으로 조용히 읊조렸다.

"U-turn……. U-turn……!"

정진이 먼저 일어났다. 밖에는 주룩주룩 비가 내리고 있었다. 경화는 말없이 고개를 푹 떨군 채로 발걸음을 움직이지도 못하고 장승처럼 서 있었다. 경화는 드디어 울음을 터트렸지만 이미 정진은 서울역을 향해 터벅터벅 빗길 사이로 뒤도 돌아보지 않고 그냥 가고 있었다. 매정한 사람 같으니…… 경화는 정진이 원망스럽기 짝이 없었다. 떠나는 정진도 섭섭했다. 그렇다고 떠나는 사람 붙잡지도 않고 그냥 포기하는 경화도 원망스럽기는 했지만 다시 뒤돌아서기에는 자존심이 허락하지가 않았다.

정진을 태운 열차는 경기평야를 거처 천안을 지나 뚜— 하고 기적을 울리며 대전역 플랫폼에 숨을 가다듬으며 멈춘다. 차내 방송이 나온다.

"승객 여러분 대전역에 도착했습니다. 잊은 물건 없이 안녕히 가십시오."

서울 돌채다방에 경화를 두고 대전에 온 정진은 차마 발걸음이 떨어지지 않았다. 저편 하늘만 쳐다보았다. 문득 보문산 등성이에 유난히도 반짝이는 별을 보았다. 지난여름 저녁 둘이는 한탄강변에서 북두칠성을 보며 '저 별 일곱 개는 우리의 행운을 지켜주는 별'이라며 손가락을 걸며 언약했던 추억이 별빛 따라 시나브로 스친다.

"별 뜨는 밤이면 서로를 기억하자!"
"좋아요. 우리 그러기로 해요."

그러나 약속이 이제는 아무런 의미가 없었다. 아쉬움만이 정진의 가슴을 무겁게 짓누르고 있었다. 집에 돌아온 정진은 며칠 동안 곰곰이 생각해 보았다. 실의와 슬픔에 빠져있는 경화를 생각하니 너무나 안타깝고 가슴 아픈 일이었다. 한편으로는 무정하고 잔인하게 선언한 자신을 원망하고 당황하였으리라 생각하니 자신이 부끄럽고 경솔했나 싶었다. 며칠을 새웠다.

사랑의 편지를 가슴속에 썼다가는 지우기를 수십 번. 그러다가 경화를 이해하기로 했다. 그러면서 답답한 맘으로 마르티니의 이태리 가곡 '사랑의 기쁨'을 감상했다.

사랑의 기쁨은 한순간이지만
사랑의 슬픔은 영원하지요
당신은 아름다운 실비아를 위해 저를 버렸고
그녀는 새로운 애인을 찾아 당신을 떠나요
사랑의 기쁨은 잠시 머물지만
사랑의 슬픔은 평생을 함께 하지요

U–turn 2

U-turn 2

—

충남 공주 우리들유턴요양병원에서

주정진은 서울대학을 졸업하고 논산훈련소를 거쳐 대구 군
의학교를 마친 후 전방 메디컬부대 사령부 의무중대에 배치를
받아 복무하다가 제대하였다. 정진은 군대 제대 후 미국 UCLA
대학 경영대학원(MBA. Master of Business Administration)에서
공부를 하고 있었다. 군대 시절 한탄강변에서 쌓은 약사 경화
와의 실연을 잊을 겸 태평양 건너 미국 유학을 선택했었다.

미국 MBA는 20세기 초 미국에서 태생하였기 때문에 보통

미국 경영학 석사 중 실무를 중심으로 운영하는 커리큘럼 학제이다. 이후 유럽이나 기타 국가에서도 이를 모방한 형태의 교육과정을 신설하면서 미국 MBA를 모태로 운영한다. MBA는 교육과정의 특성상 업무경력, 에세이, 추천서, GMAT, 학부 전적 등 다섯 가지를 중요한 요소로 운영한다. 정진은 한국의 유명 서울대학을 졸업 후 태평양 건너 미국 UCLA 대학 경영대학원 프로그램에서도 단연코 우수한 성적으로 졸업하여 pharm-MBA 학위증을 받았다. MBA도 필요하지만 지금 나에겐 전공을 넓혀 석·박사학위가 절대적으로 필요한 게 아닌가? 그리하여 LA에 있는 UCLA 약학대학 석·박사과정에서 장장 7년 동안 생명공학을 전공하여 약학박사학위를 받았다.

이로써 약학 최고의 학위증에 pharm-MBA 학위증까지 최고의 스펙을 쌓았으며 어디에 내놓아도 손색이 없을 것이라고 생각하니 가슴 뿌듯하게 자신감이 생겼다.

정진은 고향에 계신 어머니 생각에 고국을 방문하기로 마음을 정하고 평소 친하게 지내온 박사 코스 졸업 동기생 두 친구를 불러 이별 파티를 하였다. 술잔이 몇 순배 돌아가자 전부들 앞으로 할 일이 걱정되었다. 이때 미국 친구 Jhon Martin이

한마디 했다.

"우리가 앞으로 살길은 바이오(bio:생물을 의미하는 접두어로 생물화학, 생물원소 등을 의미) 벤처기업이야! 인류의 미래는 바이오에서 찾아야 한다. 우리 셋이서 창업을 하면 어떨까? 우리도 마이크로소프트 같은 기업을 만들어 보자!"

이렇게 해서 3인의 혈맹으로 'U.K Medicine Therapy'를 창업했다. 개발할 제품은 주정진이 박사과정에서 연구한 '신경성허혈성궤양치료제'로 정했다.

특히 당뇨병성족부궤양(DFU)은 전 세계적으로 매우 중요한 질환으로 2019년 시장 규모는 70억 달러(9조 원)에서 2027년에는 13조 원을 넘을 것으로 예측한다. 2017년 기준 당뇨 환자는 4억 5천만 명인데 이중 1억 2천만 명이 '당뇨병성족부궤양환자'라고 한다.

우리가 흔히 알고 있는 폐색혈전혈관염은 버거병(Buerger's disease)이라고 하는 당뇨 환자에서 흔히 일어나는 질환으로 세계적인 통계에 의하면 30초마다 한 사람씩 다리를 절단하는 제2의 한센병이라는 불치병이다.

유전공학으로 이미 박사과정에서 연구 논문이 통과된 메커니즘으로 사실상 성공할 가능성이 매우 높았다.

유전자 치료제는 간세포성장인자(HGF) 단백질을 발현하는 플라스미드 핵산(DNA)으로 구성된 약물이다. 지난 5년간 연구와 임상시험을 통해 근육주사로 생체에서 간세포성장인자(HGF) 단백질을 생산해 신경재생, 혈관생성, 근육위축방지작용이 증명된 신물질이다.

무엇보다 가장 핵심은 임상에서 통과돼야 한다. 미국에서도 이름난 임상 대행 전문업체 'CMA'와 계약을 완료했다.

정진은 업무 일부를 두 친구에게 부탁하고 잠시 고향에 다녀오기로 했다.

어느 날 정진은 높이 뜬 하늘을 우러러보며 생각을 했다.

'마치 조국의 푸른 하늘은 나를 부르고 있구나!'

지나간 세월들을 손가락을 꼽으며 곰곰이 생각해 보았다. 눈만 감으면 고국산천이 떠오르고 어머니의 모습이 눈물처럼 다가오곤 했다. 정진은 생각했다.

'내가 이처럼 타국에 와서 고생하며 공부를 많이 한 이유는 내 조국 대한민국의 발전에 기여를 하려고 했던 것 아닌가?
특히 요즘 고국의 경제사정이 어렵다는데……? 가자, 내 조국
내 산하를 찾아서 조국 발전에 한 장의 벽돌이라도 되자!'

정진은 그리도 벼르던 귀국길에 올랐다. 금의환향하는 맘으
로 부푼 꿈 가득 안고 한국 인천행 비행기를 탔다. 몇 년 만의
귀국인가? 이역만리 미국에서 석·박사학위를 얻는데만 무려
9년이 걸렸다. 그러니까 2003학번이니까 대학 4년 군대 2년
합치면 무려 15년이란 세월을 학교와 연구실에서 보낸 셈이
다.

밥 먹기 힘든 시절 스펙을 쌓는 것만이 남보다 앞선 실력을
인정받을 수 있었다. 덤으로 MBA까지 마치고 원대한 그야말
로 이쯤이면 거의 완벽하다고 생각하고 귀국하자마자 모교 은
사인 '김희망 교수'를 찾았다.

"아니, 이게 누구인고? 주정진 박사 아냐!"
"교수님 그간 안녕하시었지요?"
"아, 그럼 반갑네. 반가워."
"귀국 인사차 맨 먼저 찾아뵈었습니다."

몇 년 전 김희망 교수는 '세계자원분석학회'에 논문 발표 차 미국 LA에 있는 UCLA 대학에 오셨을 때 총장과 연구실 교수들을 일일이 소개하면서 입에 침이 마르도록 김희망 교수를 칭찬하며 소개한 일이 있었다. 당시 미국 서부지역 관광도 시켜 드렸다. 그랜드캐니언, 자이언캐니언, 브라이스캐니언을 거쳐 밤의 도시 라스베이거스에서 하룻밤을 보낸 일이 있었다. 그토록 모교 은사에 각별히 신경을 썼던 것이다.

　"교수님 송구합니다만, 혹시 모교에서 일할 수 없을까요?"
　"아, 그게 한발 늦었네, 아깝게 됐구먼! 불과 한 달 전 전임강사 한 분을 초청했지, 그것도 주정진 박사의 전공과 같은 '생명공학'이지. 아깝네 그려!"
　"예. 그랬어요, 할 수 없지요."
　"은사님, 앞으로도 더 알아봐 주시면 감사하겠습니다."
　"아, 그럼 여부 있나……?"
　"교수님 고맙습니다."

　정진은 실의에 찬 걸음으로 터덜터덜 모교의 교문을 빠져나왔다. 하루가 저물어 가는 으스름한 거리는 낯설기만 했다. 학창시절 흔히 잘 다니던 종로 5가 통에는 '선창집'이란 허름한 대폿집이 있었지만 오늘은 찾을 수가 없다. 아마 리모델링해서 고급 음식점이 생긴 듯했다. 그렇다고 혼자서 술집에 들어갈 수도 없어 대학친구 '송잘나'를 불러냈다.

송잘나와는 대학 4년 동안 같은 실험실에서 실험하고 항시 같이 붙어 다닌 수족 같은 사이였던 친구가 아닌가! 때에 따라서는 대신 레포트도 써 주었고 서로가 손이 되어주고 발이 되어주었던 뗄 수 없는 형제보다 더 끈끈한 친구가 아니었던가! 우리는 옛 추억을 되새기며 종로의 허름한 삼겹살집에 들어갔다. 시장도 했고 긴장도 했던 터라 소주 맛이 기똥차게 끝내주었다. 하긴 지금 우리는 소주를 먹는 것이 아니라 옛 추억을 마시고 있는 것이다. 벌써 네 병째 뚜껑을 땄다. 오랜만에 먹는 술인데도 취하지 않고 기분만 좋았다.

"나, 이제 어쩌면 좋겠냐?"
"야, 걱정 마라. 하늘이 무너져도 솟아날 구멍이 있다잖아! 벤처기업하는 방법도 있고, 근무약사로 들어가는 방법도 있구. 요즘은 한국에 요양병원이 많이 생겨 약사가 모자란다네. 자! 오늘은 술이나 먹고 내일 일은 내일에 맡기자."
"넌 걱정 없으니 그럴지 몰라도 나는 요즘 잠이 안 온다. 넌

애당초 한국에서 뿌리를 내렸구. 이제는 대형약국에 제약업까지 이뤘으니 성공한 것 아니냐! 성공두 대성한 거지. 난 말야 네가 제일 부럽다구. 세상 살아가는데 뭐니 뭐니 해도 돈이 최고더라구. 미국에서도 그렇터라구. 너도 알다시피 난 홀어머니가 있잖아. 아버지는 결혼 첫날밤을 지내고 영장을 받아 군에 입대했다지. 그리구 얼마 안 있어 광주민주화운동(1980. 5. 18)이 발발했었지. 그때 유탄에 의해 순직을 하셨어."

"음, 그으래?"

"청상과부가 된 어머니는 닥치는 대로 일을 해서 나를 키웠다네. 건축 현장, 음식점, 가정부까지 안 해본 것 없을 정도였다네. 그리고 '우리 아들 대학교수' 만든다고 자랑하고 다녔다지. 즉 내가 엄마의 우상이 된 거지!"

정진은 친구 송잘나와 밤이 늦도록 주거니 받거니 취하여 헤어졌다. 그런 얼마 후에 대학 친구 송잘나 한테 연락이 왔다. 충남 공주에 있는 '우리들유턴요양병원'에 약사 자리가 있다는데 잠시 가 있어 보라는 것이다. 처음에는 망설였지만 귀국 백수인 주제에 선택의 여지가 없었다.

정진은 공주 '우리들유턴요양병원'에 가기 전 약간의 여유가 생겼다. 그래서 군대생활 때 근무하던 경기도 전곡에 다녀오기로 하고 서울 북부 상봉터미널에서 전곡행 버스에 올랐다. 전곡약국 원 장로와 경화 소식을 듣고 싶어서였다.

군대 시절 자주다니던 길목이라서 길가 가로수와 상점이 눈에 익었다. 지난 군대 시절 경화와 함께 서울 명동 '돌채다방'을 다니던 지난 시절이 생각난다. 이런저런 생각에 잠기는 사이 정진을 태운 버스는 전곡터미널에 도착했다. 군대 시절 똥 가방을 들고 약을 구입하러 다니던 사거리에 병원과 담배 가게, 꽃집 등이 그대로 있었다. 경화가 가끔 사주던 '홍콩반점'을 지나 전곡약국 간판을 보고 문을 열었다.

"안녕하세요. 장로님."

원 장로는 반가운 듯 안아주며 인사를 했다.

"이게 누구야. 주 병장님 아냐?"
"네. 미국에 다녀왔어요."

원 장로와 정진은 반가운 모습으로 커피를 마시며 그간의 안부를 나누었다. 정진의 최대 관심사인 경화에 대한 안부를 물으니 원 장로는 혀를 차며 이렇게 말했다.

"주 병장이 군대 제대 후 경화는 이곳을 떠났어요. 물론 예전 대학시절 사귄 더벅머리 총각과 결혼을 위해서이지요. 그런데 결혼 1년도 못되어 이혼했어요. 글쎄, 그 더벅머리 총각이 경화가 이곳에 와 있는 사이 다른 여학생과 사귀었다지 뭐예요? 그 잘못된 남녀의 만남은 결혼 후에도 이어지는 이중생활로 이혼했어요. 경화는 착한 사람인데 그 더벅머리 총각이 나쁜 사람이지…… 쯧쯧쯧……."

이어지는 원 장로 말은 이렇다. 그 후 경화는 이혼에 따른 실성한 듯 지냈다. 그런 어느 날 친척의 소개로 경남 거제도 선박 10여 척을 가지고 애가 하나 딸려있는 부자 남자한테 재혼했단다. 그런데 그 무슨 박복한 탓인지 재혼한 그 남자는 멀리 고기잡이 나가 태풍에 휩쓸리어 죽어 경화는 다시 과부가 되었단다. 경화는 경남 거제도에서 통영으로 이사하였단다. 그 후 혼자 살면서 전곡에서 맺은 첫사랑 '정진'을 그리며 술에 중독되어 결국 통영 앞바다에 스스로 몸을 던져 자살했다는 것이다.

경기 전곡약국에서 경화의 비보를 들은 정진은 허겁지겁 약국을 나와 경화와 자주가던 홍콩반점에 들러 빼갈과 탕수육에 만취하여 쓰러졌다. 나중에 정신을 차리고 보니 버스는 서울 북부 상봉터미널에 와 있었다.

정진은 간밤 전곡에서의 과음으로 인하여 아침 늦게 눈을 부시시 떴다. 비몽사몽간에 문득 시상(詩想)이 떠올라 「그리운 그대」라는 시를 한 편 썼다.

그리운 그대

보랏빛 색깔에 사슴 닮은 그대
그 시절 한탄강 모래사장 뒹굴며
사랑을 나누던 그대

별이 뜬 밤
저 별은 나의 별
저 별은 너의 별
저 별은 우리들 별

하모니카 소리
사슴 닮은 눈망울
눈물을 흘리던 그대

그 무슨 슬픔
그리 많아
아프다가 아프다가
통영 앞바다 저 별이 되었나

오늘 따라 그리운 그대
눈물겹도록 그립구나
내 그리운 그대여!

　　비가 추적추척 오는 날. 정진은 쇼핑백 하나 챙겨 들고 강남 터미널에서 아침 8시 공주행 고속버스에 몸을 실었다. 차창 밖에는 온통 푸르른 산천초목들이 봄비에 촉촉이 갈증을 풀고 있었다. 홀어머니한테는 잠시 동안이라고 설득은 시켰지만 어머니 속내는 서운함이 가득 차 있었다. 세계 최고의 UCLA 대학 약학박사가 겨우 한국의 시골 요양병원에서 근무한다는 것은 도저히 자존심이 허락하지를 않았다. 스스로 생각을 했다.

'그러나 어쩌랴, 그게 다 너의 운명이고 나의 운명인 것을……'

충남 공주버스터미널에서 내려 택시를 타고 '우리들유턴요양병원'을 찾았다. 정안면주민센터 소재지에 있는 병원은 농촌의 서정이 넘치는 목가적인 전원마을이었다. 마침 아침 조회 시간이었다. 병원 조직 구성도를 보니 베드가 450, 의사 수만 11명, 그리고 한의사 1명, 약사 1명, 간호사 100명, 물리치료사 5명 그 외 사회복지사, 영양사 등 200명과 운영의 주체인 병원 '박밀어 이사장'과 '이분별 상임이사' 외 6명의 이사진이 있는 대가족이었다. 병원 규모도 꽤 크고 시설도 현대적이어서 다소 안심이 되었다.

이력서를 본 박밀어 이사장은 좋다며 이보령 원장에게 이력서를 건낸다. 이 원장은 인상이 좋은 미모의 미혼 여의사였다. 이력서를 보더니 깜작 놀란다.

"아니 이 훌륭한 이력을 가지고 이런 시골 병원을 찾으시다니요!"
"아닙니다, 공기도 맑고 이런 전원 풍광을 원래 좋아합니다."

며칠 후 이 원장은 조용한 저녁 시간에 정진을 불러냈다.

"이력을 보니 박사학위뿐 아니라 MBA학위까지 하셨네요. 우리들유턴요양병원이 지금 문제가 좀 생겼는데요? 주 박사님이 경영진단 좀 해주셔야 되겠습니다."

이 원장은 예의 재무제표를 꺼내 놓았다. 몇 달 전부터 이상하게 월말마다 숫자가 맞지 않는다는 것이다. B/S(대차대조표)와 P/L(손익계산서)를 보니 가공거래나 분식회계가 원인이라고 말해주었다. 그 후 이 원장은 원무과에 문제가 있음을 알아냈고 박밀어 이사장에게 보고를 했으나 유야무야 소식이 없었다.

정진이 처음 우리들유턴요양병원에 부임하고서는 공주 정안면의 농촌의 목가적인 자연과 맑은 공기가 맘에 들었고 병원 분위기도 가족적이어서 비교적 빨리 마음이 안정되었다. 특히 이 원장의 배려에 맘 편하게 지내고 있었다. 그녀도 미국 유학파이어서 유유상종으로 가끔 데이트를 즐기며 시간을 보내고 있었다. 서로 작은 일 하나에도 배려와 우정을 느꼈고 눈길 하나에도 따스한 봄볕이 다가오듯 하였다.

정진은 우리들유턴요양병원에서 의료진과 호흡을 맞추며 병원생활에 적응하고 있었다. 그러던 어느 날 정안면 소재지에 있는 '온누리밤골약국'의 후배 심재용 약사로부터 연락을 받았다.

"선배님 오늘밤 공주 공산성 금강가에서 백제문화제가 열리는데 같이 바람 쐬러 갈까요?"
"좋치요. 심 약사 아우님 고마워요."

무료하던 터에 주정진 박사는 이보령 원장과 복지과 이돌봄 사회복지사와 동행하여 공주시내 금강가로 갔다. 행사장은 유서 깊은 백제문화제답게 다양한 문화컨텐츠로 열리는 행사에 국내외 많은 관람객으로 인산인해를 이루고 있었다.

백제문화제는 백제인의 얼과 슬기를 드높여 부여와 공주인의 긍지를 높이고 백제문화를 계승, 발전시키기 위하여 열린다. 이 축제는 1955년 부여군민이 부여산성에 제단을 설치하고 백제의 삼충신(三忠臣)에게 제사를 올린 데서 유래했다고 심재용 약사가 소개한다. 이어 1965년까지는 백제의 도읍지였던 부여에서 열리다가, 1966년 주최자가 부여군에서 충남

도로 승격되면서 공주에서도 동시에 열리게 되었단다.

주요 행사는 전국시조경창대회, 궁도대회, 불꽃축전놀이, 삼산제, 백제왕 천도, 백제대왕제, 수륙제, 가장행렬, 전통민속공연, 백제역사 문화체험, 학술세미나 및 백제왕, 왕비, 왕자 선발 등이 펼쳐진다.

심재용 약사의 설명에 따라 행사장을 돌던 정진은 한 편에 붙은 현수막에 눈길이 간다. 그래서 심재용 약사, 이보령 원장, 이돌봄 사회복지사에게 말했다.

"우리 저기 시낭송 행사장으로 가서 구경합시다."

이보령 원장이 묻는다.

"왜요, 좋은 프로그램이 있나요?"

심재용 약사가 말한다.

"아! 우리 주정진 박사님은 대한약사문인협회에서 시인으로 활동하시지요? 그것을 깜빡했네요."

이돌봄 사회복지사가 말한다.

"아, 그래서 주 박사님이 근무 중에 시간이 날 때마다 무엇인가 쓰고 있군요?"

이때 이보령 원장이 끼어든다.

"시뿐이 아니어요? 하모니카 솜씨도 일품이어요. 의사와 약사들 사이에서 소문난 멋쟁이로서 이 시대 마지막 풍류객이랍니다. 우리들유턴요양병원에 인물이 들어왔어요. 호호호—"

정진은 겸연쩍은 듯 말한다.

"아이고 원장님도 무슨 말씀을……!"

무대에서는 '한국문화해외교류협회' 주관으로 '백제의 얼 시로 담아내다'라는 주제로 시낭송과 성악 감상, 그리고 악기를 연주하고 있었다. 야간 불빛과 함께 화려한 조명과 불빛을 받으며 무대에서는 김현숙 시인의 사회로 행사가 열리고 있었다. 첫 시그널에는 대전중구문인협회 소속의 신익헌 시인이 이 고장 부여 출신 '윤순정' 시인이 쓴 「계백의 달」을 낭송하고 있다.

　— 백중보름이라 했다 그런 날이면 어쩌다 붉은 달을 볼 수 있다 했다 나는 그 달을 가슴에 품었다 내 생애 처음으로 한 남자를 만나 품었던 뜨거운 가슴으로 달이 울고 있었다 붉게 멍든 가슴으로 울음 삼키고 있었다 아련한 등잔불 밑으로 다소곳이 아미 숙여 오는 밤이면 하, 조신하여 하얀 보름달 같았을 백제의 여인 깊고 아득한 눈빛으로 나신(裸身) 슬어 내리며 굵고 단단한 두 팔로 그녀의 부드러운 허리를 안을 때마다 이 뜨거움은 무엇이란 말이냐 사랑이란 대체 무엇이란 말이냐, 곰삭이며 젊은 계백은 되뇌었을 것이다 칼을 받아라 나의 마지막 사랑이니라 여인은 울지 않았다, 허리를 곧게 펴고 계백의 깊은 눈 속으로 빨려 들어가듯 그 큰 사랑이 황홀하여 목을 길게 늘였다
　늙으신 어머니와 아이들이 잠에서 깨어나고 있었다
　백사장에서 평화롭게 모시조개를 건져 올리던 아이들
　백강 위로 짙은 안개 서서히 풀리며 햇살 드러나고 있었다

계백은 울지 않았다
백제불멸의 제단에 바쳐질 운명
운명에 앞서 이미 스스로 내일을 정각했던 계백
그는 아들을 베인 칼을 함부로 휘두르지 않았다
투구를 들어 올린 소년은 입술이 붉었다
끝내 되돌아온 화랑의 용(勇)과 기(氣)를 죽일 수는 없었다
아비의 가슴으로 관창의 머리를 돌려보냈다
죽이지 않는 것이 자극하지 않는 것임을 계백은 익히 알고
있었다

황산벌 불멸의 신화는 아직 끝나지 않았다 이제 시작일 뿐
이다 세상의 그 어느 사랑이 목숨을 접수함으로 사랑을 완성
한 계백의 사랑보다 더 고귀한 사랑 있으랴 하늘까지 뻗힌 장
도의 날 끝에서 영원히 빛부실 휴머니즘이여 21세기의 청명
한 동편의 밤하늘에 피를 삼킨 붉은 달이 울고 있었다 계백의
달이었다

머리에 빨간 띠를 두르고 비장하며 장엄한 자세로 백제의
혼을 담은 시를 원숙하게 절창하는 모습이 백제문화제 행사장
을 압도하고 있었다. 이어 대전 오지은 시낭송가는 우아하며

고운 한복을 입고 시낭송을 한다. 시 제목은 충남 보령 출신 대전 한진호 시인의 '몽돌의 노래'이다.

바닷가에서 주워 온 돌의 노래가 들린다 바람과 파도 소리 '철썩 싸 르 르 철썩 싸 르 르' 수억 년을 두고 뼈를 깎는 소리 켜켜이 숨어있는 비밀을 캐고자 한 겹 두 겹 벗겨냈다 그 속에서 잠자던 '시조새'는 슬며시 눈을 뜨고 낯선 외계를 살폈다 푸른 하늘이었다 돌을 박차고 힘껏 날았다 그러나 꿈쩍도 안 했다 영어(囹圄)에서 벗어나지 못한 새 지금도 책상 앞에서 날개를 퍼덕인다 무한(無限)의 한(恨)을 삭히지 못한 울음소리 밤이 깊어지자 점점 더 커졌다.

시낭송과 함께 다양한 문화컨텐츠 행사가 열리고 있었다. 공주지방에서 활동하는 손보정 가수의 열창이 있었는가 하면, 대전 송미정 색소포너의 연주가 있었다. 또 대전 김애경 성악가의 고요한 성악 감상이 있었다. 무대 배경은 충남 금산 칠백의총문화제 심사위원인 김효택 화백의 격조 높은 백제 상징의 말과 강가의 돛단배를 그렸다. 이로 인하여 백제문화제 분위기를 한층 돋보이게 하는 '한국문화해외교류협회 행사장'이었다.

일행은 행사장 관람을 마치고 시원한 밤공기를 마시며 금강가 어둠 사이로 축제 등불이 예쁘게 걸린 공산성 아래 강나루를 걸었다. 저만치 포장마차가 있어 일행은 빈대떡에 공주밤막걸리를 마셨다. 정진은 잔에 술을 가득 붓고 이 원장과 일행을 행하여 건배를 외쳤다.

"원장님 제가 공주 밤막걸리로 건배를 하겠습니다. 건배는 '청바지'로 하겠습니다. 청-청춘은, 바-바로, 지- 지금부터이다. 하하하——"
"청바지. 하하하——호호호——"

정진은 이 원장과 금강가를 거닐며 인생과 문학, 사랑이야기를 나누었다. 서로 손을 잡고 걸으며 따뜻한 정의 교감을 나누기도 했다. 까아만 어둠을 뚫고 저 멀리 불빛이 물가에 하늘거린다.

조금 전 백제문화제 무대에서 낭송된 윤순정 시인의 시를 신익헌 시인이 격조 높게 읊조리던 시구가 귓가에 쟁쟁하다.

백사장에서 평화롭게 모시조개를 건져 올리던 아이들/ 백강

위로 짙은 안개 서서히 풀리며 햇살 드러나고 있었다.//

다시 반복되는 우리들유턴요양병원의 일상. 이른 아침 해맑은 햇살이 공주 정안면 요양병원에 힘차게 비추고, 저녁에는 유구 쪽 하늘을 빨갛게 물들이며 한해를 넘기고 있다. 정진이 이곳에 온 지 1년이 넘어가고 있었다. 그러던 어느 날 이 원장이 조용히 정진을 찾았다.

"이번 주말에도 서울 가셔야 되나요? 이 고장 정안면에 밤꽃축제가 있는데요. 서울 가시지 말고 축제장으로 제가 안내를 해도 될까요? 주 박사님."
"저야 고맙지요!"

밤꽃 향이 한창 무르익던 오월 마지막 주말 주 박사는 이 원장의 안내로 밤꽃 축제장을 찾았다. 아침 햇살은 안개 자욱한 농촌 마을 속살을 살짝 벗겨내더니 넓고 푸르런 초원을 바람결이 가르고 있었다. 마치 지난밤의 드레스를 미쳐 챙겨 입지도 않은 전라(全裸)의 자연 그대로 경관이 얼마나 아름다웠던지 감탄사가 절로 나온다. 밤꽃길을 걸으며 정진은 옆의 이 원장에게 물었다.

"원장님은 참 행복하십니다. 이렇게 공기 좋고 전원적인 자연에서 나오는 기(氣)는 우리 인간에게 엄청난 에너지를 가져다주고 스트레스도 풀어주지요!"

"네, 저는 현재가 참 좋아요."

밤꽃 향이 코끝을 자극하니 말초신경이 곤두선다. 언젠가 느꼈던 비릿한 야성적인 향기였다. 막 피어나는 백합 향기 같은 여인의 체취에 나도 모르는 사이에 몸 속에서는 세로토닌(Serotonin)이 분비되고 서로의 손끝에서는 야릇한 전율이 교감되고 있었다. 특히 밤꽃 냄새는 여성의 감성을 자극하여 본능적인 욕정이 타오르고 있었다.

두 사람은 약속이나 한 듯이 가던 걸음 멈추고 덩치 큰 밤나무 밑에서 얼싸안고 숨을 몰아 쉬고 있었다. 누가 먼저랄 것도 없이 둘이는 밤꽃 나무 밑으로 나뒹굴었다. 정진은 이 원장의 입술을 덮치고 손은 부풀은 가슴을 감싸쥐고 있었다. 밑에서 숨을 헐떡이는 이 원장의 손은 정진의 양어깨를 감싸 쥔다.

"사랑했어요! 아 — 이 향취 —"
"저도요. 으음—"

"흐으윽—"

"어머나, 이를 어째 —?"

잔잔한 호수에 파문이 인다. 그 위로 돛단배 하나 시나브로 슬며시 노닐고 교교한 달빛이 온몸을 휘감는다. 그러다가 어디선가 높새바람이 부는가 싶더니 돛단배를 뒤짚고 호수 한가운데로 내몬다. 휘리릭—휘리릭— 신음과 욕정의 바람소리가 온통 호숫가를 붉게 물들인다. 마치 호수 가운데에 높이 이는 용 한 마리가 포효(咆哮)하듯이 우르릉—우르릉— 얼마의 시간이 흘렀을까 돛단배가 다시 달빛 아래 은빛의 호수 위를 조용히 흘러간다. 숨이 찬지 쉬었다 가고, 또 쉬었다 가며 슬며시 한쪽으로 내몬다.

정진은 우리들유턴요양병원에서 의료진과 호흡을 맞추며 생활을 하고 있었다. 정진은 병원 근무 2년여가 되어가면서 회의가 들기 시작했다. 시간이 지날수록 주변 상황이 그의 맘을 흔들고 있었다. 우선은 병원의 노조가 문제였다. 별일 아닌 데도 여차하면 병원 복도에 직원들이 앉아 이사장과 이사진의 병폐적인 경영문제와 인사문제, 보수문제로 시위를 했다.

조용하고 안정적이어야 할 병원 복도에 꽹과리를 들고와 꿍음을 내었다. 그러자 환자들이 하나 둘씩 퇴원하고 다른 병원으로 옮겨가 병실이 비어졌다. 더 큰 문제는 병원 박밀어 이사장과 원무과 해볼래 여자 과장과의 통정(通情)으로 인한 운영비 변태 지출이 큰 화두로 떠올라 병원 안팎이 시끄러웠다. 한때 박 이사장과 함께했던 행운의 여신은 출렁이는 어둠 속으로 사라지고 있었다.

　또한 인근 기업체에서도 시위는 심심찮게 일어나고 있었다. 대부분 보수를 더 달라는 것이었다. 주변의 말을 들어보면 경영실적이 안 좋은데 자꾸 직원들이 복지만 요구한단다. 어디 이뿐인가? 서울 여의도 국회의 당리당략 투쟁, 고위공직자들의 부패 만연, 각 지방의 크고 작은 이권분쟁 등 나라가 온통 총체적인 신음에 허덕이고 있었다.

　'과연, 이 어지러운 내 조국 이 나라에 미약한 내가 무슨 보탬이 될까……?'

　그동안 외국에서 배운 학문의 실천을 하고는 있지만 주변 상황은 유학 귀국파 정진을 힘들게 하고 있었다. 정진은 병원

휴게실에서 이 원장과 함께 차를 마시며 의논을 했다.

"원장님, 내 사랑 고국은 이런 곳이 아니었는데? 왜 이리 개인주의와 배금사상, 정치적 이데올로기가 팽배하였단 말인가요?"

"그러게요? 이제 세계 10대 경제대국이 되면서 배부른 이 반현상이 나타나는 것 같아요. 주 박사님, 저도 미국 유학파인데 지금 맘이 흔들리고 있네요."

"휴– 근래 고국으로 안착했다가 다시 외국으로 가는 분들 심정을 이해합니다."

"어렵게 다져 논 지금 선진의식으로 깨어나 잘 해야 할 터인데요?"

정진은 이 원장에게 물었다.

"원장님, 그런데 왜 병원 이름이 '우리들유턴요양병원인가요?"

그러자 이 원장은 손으로 입가를 막으며 말한다.

"호호호— 들리는 말로는 이 병원 운영자 박밀어 이사장이 지었대요. 다른 병원을 가다가 이 병원으로 유턴하라는 말도 있어요. 또 하나는 이 부근에 유구면이 있는데 그곳 터널 앞에서 이곳 병원으로 유턴하라는 뜻도 있다는데요? 호호호—"

정진은 웃으며 대답한다.

"별스런 이름도 다 있네요? 하하하—"
"혹시 주 박사님도 미국으로 유턴하지 마세요?"
"모르지요. 혹시 그럴지……? 허허허—"
"만약 주 박사님 유턴이면 저도 유턴입니다. 호호호—"
"허허허— 그것 좋으네요. 어차피 우리네 인생이 유턴이 아니던가요? 하하하—"

그러기를 상당한 기간이 지났다. 정진의 마음에 구체적인 동요가 일어났다. 지난밤을 새우며 고민하던 정진은 병원 원장을 경유 이사장에게 사직서를 제출했다. 이 소식을 들은 이보령 원장은 며칠만 더 기다려 달라고 하면서 저녁식사에 초대했다. 공주시내에서 금강가에 있는 한식으로 유명한 웅진맛집식당이었다.

이 원장이 정색하고 물었다.

"정말 주 박사님 사직할 건가요?"

정진은 진중하게 대답했다.

"네, 이 병원에 적응이 어렵고, 이 나라 전체도 좀 그렇습니다."
"네, 박사님!"

이 원장이 말한다.

"박사님 저도 오래전부터 그만두려고 하던 참이었어요."

정진은 자리를 바르게 앉으며 말했다.

"아, 그래요? 하여튼 저는 원장님 덕분에 그간 편하게 잘 있었습니다. 감사했습니다."

식사 중에 반주로 맥주를 몇 잔 마시는 사이 둘은 기분 좋게 취했다. 이제는 아주 오래된 친구 같았고 그동안 못다 한 깊은 속내를 다 털어놓다보니 오늘 이전에 두 사람은 이미 서로 사랑을 하고 있었음이 확인이 되었다. 취중 비틀거리며 둘은 까아만 어둠을 뚫고 금강가 인근 호텔로 들어갔다. 그렇게 밤은 깊어갔다. 그리고는 두 사람만의 나래로 빠져 들어갔다.

지난밤 애잔한 사랑의 훈풍유희가 있었는가 하면 노도의 강풍이 몰아치는 격정에 우는 듯 웃는 듯 사무쳤다. 서로가 그리웠고 사랑했기에 여한이 없는 까아만 밤을 열정의 도가니로 태웠다. 그렇게 태운 까아만 밤이 여명 앞에 수줍게 나신(裸身)을 보여주고 있었다.

백제 유민의 여한을 안고 흐르는 금강. 충남 공주 공산성 아래에 있는 호텔 블라인드 사이로 비쳐 들어온 아침 햇살은 지난밤의 두 알몸의 영상을 인증샷이라도 하듯 더욱 선명하게 비춰주고 있었다.

며칠 후 정진은 미국 UCLA 대학 연구실에서 같이 공부했던 친구로부터 한 통의 전보를 받았다.

〈이곳 일이 잘되어가고 있음. 빨리 돌아 올 것!〉
— Jhon martine

미국 UCLA 대학 연구실 친구 셋이서 벤처기업 창립을 목표로 연구하던 프로젝트가 있었다. 벤처기업 인증을 받으면 최대 매년 20만 달러씩 3년간 정부지원을 받을 수 있었다.

서둘러 어머님께 인사드리고 앞으로 3년 만 더 기다리시면 그때는 큰 부자가 돼 가지고 온다고 말씀드려 겨우 승낙을 받아냈다. 물론 생활비도 매월 150만 원씩 보내드리기로 약속했다. 그래도 어머니는 서운하고 아쉬워하는 그 표정을 어찌 내가 모르랴!

다음날 인천공항에서 11시 30분 출발 LA 티켓팅을 하고 비행기에 탑승했다. 이륙 시간이 되었는데도 비행기가 뜨지를 않는다. 잠시 후 안내방송이 나온다.

"승객 여러분 죄송합니다. 미국 LA공항에 급히 갈 승객이 한 분 있어 잠시 지체 중이니 조금만 기다려 주세요."

정진은 속으로 생각했다.

"도대체 누구이기에? 이렇게 기다릴까? 항공사 임원? 정부

고위직? 아니면⋯⋯?"

생각을 하다가 잠시 눈을 감았다. 그러자 누가 옆자리에 살
포시 앉으며 말한다.

"유턴입니다."

낯익은 목소리에 눈을 뜨고 보니 얼마 전 같이 근무했던 충
남 공주 '우리들유턴요양병원' 이보령 원장이 예쁜 아이보리
색 블라우스를 입고 옆자리에 앉는 게 아닌가?

"아니, 원장님이 어떻게⋯⋯?"
"주 박사님 언제인가 그랬지요? 박사님이 유턴이면 이보령
도 령보이로 변신, 유턴한다고요⋯⋯! 호호호—"

정진은 반가움과 놀라움이 교차하면서 이보령, 령보이 원장
을 얼싸 안으며 말했다.

"좋아요. 미투(Me Too) 령보이 유턴(U-Turn). 하하하—"
"호호호— 미투 유턴, 주정진 박사님 호호호—"

무한도전 희망과 사랑을 실은 미투(Me Too) 유턴(U-Turn)
KAL 25 비행기가 가을 하늘 창공을 향해 힘찬 비상을 하고
있었다.

아메리칸 드림을 가슴에 품고 출발하는 두 사람의 희망찬
미래는 쪽빛 하늘보다도 더 아름다움 그 자체였다. 행복감에
취해있는 그들은 서로의 얼굴을 상대방 어깨 위로 머리를 맞
대고 포근히 잠들어 있었다. 비행기가 인천공항을 이륙한 지
얼마 후 의료진을 찾는 다급한 기내방송이 울렸다.

"긴급 안내방송을 드립니다. 갑작스런 응급환자 발생으로
기내 승객 중에 의사나 약사분을 찾습니다. 급한 환자이니 도
와주세요?"

그러자 기내에서는 갑자기 수런거리고 있었다.

"어? 갑작스런 환자가 생기었나……?"
"글세 말이야? 무슨 일이야 갑자기……?"

앞쪽 의자에 나란히 앉아있던 이보령 원장과 주정진 박사(약

사)가 얼굴을 마주보며 말을 했다.

"어? 의료진을 찾네요?"
"음, 의사와 약사를 찾아요……?"

두 사람은 얼마 전까지만 해도 충남 공주 장기면 '우리들유턴요양병원' 투 톱의 의료진답게 스프링이 튀어나가듯 뒤쪽 승무원을 향하여 빠른 걸음으로 나아갔다.

뒤쪽에 앉아있는 승객은 이미 의식이 없는 상태였다. 이 원장이 신속하게 기도를 확보한 후 체온과 맥박을 측정했지만 환자의 의식은 돌아오지 않았다. 이미 심장이 멎은 상태였다. 주정진 박사가 가슴을 힘껏 눌러 심폐소생술을 실시하고 이 원장은 입에 숨을 불어넣었다.

잠시 후 승객의 의식이 돌아왔고 주정진 박사가 가지고 있던 상비약 니트로구리세린(Nitroglycerine)을 이 원장에게 건넸다. 그러자 이 원장은 한 알을 꺼내서 환자의 혀밑에 넣어 주니 환자는 잠시 후 눈을 뜨며 의식을 천천히 찾는다. 기내는 죽은 듯이 정적이 흐르고 있을 때 기내방송이 울렸다.

"지금 막 환자의 의식이 회복되었습니다. 다행히 승객 중에 의사 선생님과 약사 선생님이 계셨기에 환자가 살아날 수 있었습니다. 두 분께 감사의 말씀 드립니다."

기내에서는 우렁찬 박수소리가 나온다.

"짝짝짝 —"
"고맙습니다. 훌륭한 의사 선생님, 약사 선생님 수고했습니다."

그러나 잠시 후 환자는 또 가슴을 쥐어뜯으며 통증을 호소했다. 이번에는 심각했다. 이 원장과 주정진 박사는 승무원들에게 설명을 했다.

"이 승객이 겨우 위기를 넘기는가 싶었는데……? 이번에는 심각합니다. 심근경색증인 것 같습니다. 이 질환은 심장의 관상동맥 질환으로 심혈관이 막혀 생기는 시간을 다투는 위급한 상황입니다. 빨리 큰 병원에 가서 응급처치를 하지 않으면 생명이 위험합니다."
"네 알겠습니다."

승무원은 앞쪽 운항기장실로 달려간다. 잠시 후 기장의 안내방송이 나온다.

"안녕하십니까. 윤중요(尹重要) 기장입니다. 현재 우리 비행기 내에 촌각을 다투는 응급환자가 발생하여 부득이 비행기를 다시 인천국제공항으로 유턴하오니 승객 여러분의 큰 양해를 구합니다. 죄송합니다."

기내에서는 승객들의 이런저런 말들이 흘러나온다.

"아이 참내 미국 LA에 가서 급히 처리할 일이 있는데……? 어찌해야 하나?"
"아무리 급한 일이라도 사람의 생명이 우선이니 사람을 살려야지요. 우리가 이해합시다."
"그럼, 그렇게 합시다. 소중한 생명 하나 살리고 봅시다."
"이른바 '땅콩 회항'은 아니니 염려마입시데이. 허헛헛—"

그러나 윤 기장과 기술진은 고민이 생겼다. 문제는 70톤이나 되는 항공유의 처리였다. 왜냐하면 비행기가 이륙할 때 미국까지 가는 항공유를 탑재하여 이 무게로 인하여 착륙할 때 발생하는 큰 충격 때문이다. 항공유가 비행기에 그대로 실려 있으면 그 육중한 무게로 인해 바퀴가 부러지는 등의 비상 상황이 발생할 수 있기 때문이었다. 예컨데 안전한 착륙을 위해서는 항공유를 방류해야 했다.

더욱 고가의 유류 달러 시대에 시가 4천만 원에 이르는 기름을 버리는 것은 쉽지 않은 결정이었다. 윤 기장은 인천공항 관제탑과 협의를 마치고 실천에 착수했다. 항공유를 바다 아무데나 버릴 수 없는 것이다. 회항을 하면서 기수를 관제탑의 지시에 따라 인천 앞바다 부근 '항공유방출구역'으로 향하였다. 천천히 지정구역으로 접근한 비행기는 급유구를 열었다.

이어 대~한민국의 미래를 열어갈 젊은 승객의 생명을 구하고 4천만 원의 오일 달러를 버린 후 인천국제공항에 무사히 착륙하였다. 그러자 기내의 많은 승객들은 약속이나 한 듯이 함성과 함께 박수를 보낸다.

"우— 윤중요 기장님 아주 중요한 생명을 살리는 좋은 일 해내셨습니다. 잘하셨습니다."
"와아— 박수 —"

이때 어떤 부유층 같이 보이는 중년부부가 크게 말한다.

"여러분 우리 부부가 사실 이번에 미국으로 이민을 가기 위하여 집을 구하러 가는 길인데, 오늘 한 사람을 살리기 위하여 4천만 원의 기름을 버리는 것은 물론 몇백 명의 승객들이 바쁜 일정을 접고 고국으로 유턴(U-Turn)하는 일에 동참하시는 아름다운 모습을 보고 감동하였습니다. 따라서 우리는 미국 이민을 포기하고 다시 고국땅으로 유턴하기로 했습니다."

승객 환자 곁에서 응급조치를 하고 있던 이보령 원장과 주정진 박사가 서로 보고 웃으며 말한다.

"주 박사님 우리도 미국이 아닌 고국으로 다시 돌아가 국민의 건강을 위하여 '유턴' 해야 하지 않을까요? 호호호—"

주정진 박사도 겸연쩍은 듯 웃으며 말한다.

"그럼요. 한 사람의 승객 생명을 살리기 위하여 4천여만 원의 항공유를 버리고 몇백 명의 승객이 이 일에 동참한 대~한민국을 두고 어디로 가시나요? 허허허—"

이 원장도 입가에 미소를 지으며 맞장구를 친다.

"호호호— 저는 이번 고국을 계기로 아예 이름을 령보이로 유턴하려고 합니다. 주 박사님은 어떠세요?"

"하하하— 저도 이번 유턴을 계기로 고국으로 돌아가면 주 중요(周重要)로 이름을 바꾸어 대~한민국 국민의 건강을 돌보는데 전생을 다하겠습니다. 대~한민국 —— 짝짝짝짝——!"

인천국제공항에 승객 환자를 내려 급히 앰뷸런스로 옮겨놓고 출발하는 미투(Me too) 유턴(U-Turn) KAL 25 비행기는 푸르런 창공을 향하여 대~한민국을 힘차게 연호하며 날아오르고 있었다.

U–turn 3

U-turn 3

—

대전다문화교회 다문화센터 제주 나들이

아침해가 식장산 봉우리를 박차고 힘차게 떠오르는 상쾌한 아침이다. 밤늦게까지 야구시합으로 소란하던 충무체육관 야구장의 가로등도 졸리운 듯 스르르 눈을 감았다. 잠자던 도시가 아침 햇살에 눈부시어 무거운 몸을 뒤척이며 보문산의 신선한 산소를 듬뿍 들어마시고 있다. 주정진은 기지개를 길게 펴 선잠을 깨웠다. 연분홍 꽃잎 지는 3월 지나 솔향기 짙은 보문산에는 아카시아향도 지고 밤꽃 냄새 짙은 6월로 접어들며 휘파람새도 짝 찾는 소리 정겨운 초여름이다.

잠시 뒤돌아보던 정진은 지난 10년간 미국 실리콘밸리에서 유전공학공법으로 당뇨합병증으로 오는 모세혈관폐쇄(족부궤양증) 치료제 신약을 개발을 시작할 때의 고된 생활을 상기하면서 입가에 엷은 회심의 미소를 흘렸다. 10년이란 긴 세월을 말로 표현할 수 없는 인간으로서는 차마할 수 없는 햇빛도 들어오지 않는 지하 창고에서 밤에는 쥐 가족과 동거 아닌 동거(?)하면서 비록 국적은 다르지만 서로 뜻을 같이한 3인의 UCLA 혈맹지우가 있었기에 가능했던 것이다.

　라면을 먹는 시간과 잠자는 시간을 빼고는 실험실과 컴퓨터에 매달린 장구한 세월이었다. 침대와 티셔츠뿐만 아니라 그들의 몸에서 이상한 냄새가 풍겨서인지 자주 찾아오던 여자친구도 발길이 뜸해졌다.

　연구에 올인하여 창업한 지 5년차에 자본금 없이 기술 특례로 주식을 상장할 수 있었다. 자금 고갈에 허덕이던 회사는 긴 가뭄으로 고사 직전에 장맛비로 해갈되어 다른 회사보다 유리한 조건에서 연구에 올인할 수 있었다. 지난 세월 피나는 노력으로 청춘을 바쳤지만 이렇게 빨리 지금의 영광을 차지하는 쾌거를 이룰 줄은 미처 생각을 못했었다. 임상 3상을 끝내자

마자 FDA 신약허가를 받아 세계 최초이자 경쟁자 없이 독점 품목으로 시장성은 무궁무진한 그야말로 황금알을 낳는 화수분이 되었다.

처음에는 CMO(제품을 위탁 생산하여 판매함)로 세계적 명문 메이커를 노렸으나 자본이 달려서 포기하고 L/O(라이센스 아웃)로 방향을 바꾸었던 것이다. 35억 달러의 가치가 산정되어 세계적 다국적 기업 BMC에 매도한 것이다. 이 신약은 흔히 버거병이라고 하는 난치병으로 세계적으로 30초마다 한 사람씩 발을 절단하는 제2의 한센병이라는 현대의 불치병이다. 그토록 오늘의 의료계에서는 시장성 있는 귀한 신약으로 L/O(기술수출)로 35억 달러를 받을 수 있었다. 현 바이오업계에서는 대박 났다고 야단들이지만 사실은 차기 신약도 곧 FDA 임상3상이 끝나가고 있으며 연이은 파이프라인이 개발 중으로 곧 후속타도 나올 가능성이 가시화 단계에 와 있다.

그럼으로 이 회사 주식은 하루가 다르게 상승하고 있다. 근래에 드문 대박 나는 신상품임에는 틀림없었다. FDA(미국식약청) 허가만 떨어지면 여기저기서 서로 사가려고 야단일 것이 확실하다. 미국과 독일계 창업자 연구원 2명과 주정진이 주축이 되어 일반 연구원 석박사 30명, 일반직 30명 대가족의 U.K Medicine Therapy 전 직원은 한결같은 마음으로 연구에 혼신의 정열을 쏟았기에 오늘의 성과와 영광을 얻어낸 것이다. 성과급으로 분배를 하여 주정진은 다른 2명의 창업자와 함께 각각 10억 달러를 받을 수 있었기에 정진은 대박이 난 것이다. 10억 달러를 손에 쥔 순간은 생시인지 꿈인지 정신을 못 차렸다. 이 엄청난 큰 돈에 주정진은 가슴이 콩닥콩닥 뛰었다.

드디어 일생일대의 꿈이 이뤄지는 순간이었다. 막대한 자본력으로 오늘의 '정진그룹'이 탄생한 것이다. 다문화병원, 다문화약국 그리고 다문화교회와 다문화센터, 새롬한솔신용금고를 창업할 수 있었다. 필요한 경비가 년 15억 원이 넘었지만 약국과 병원 그리고 한솔금고에서 벌어들인 수입이 있고 또 로열티가 일정액씩 대주주 통장에 입금되고 있다.

오늘도 평소와 같은 일상으로 주정진 약사와 이보령 의사 부부는 승용차에 올라 정진이 핸들을 잡고 출근을 도와준다. 뒷좌석에서는 고등학교 3학년 현석 군과 2학년 현숙, 고 1의 현경 양이 학교 숙제를 확인하고 메모하고 있다. 대전고등학교 다니는 큰애는 공부도 잘하고 학교에서 모범생으로 이름이

나 있을 정도로 친구들의 선망이자 질투(?)의 대상이다. 또 둘째 현숙은 대전과학고에서, 셋째 현경이는 대전여고에서 오빠 못지않게 우등생이었다. 삼 남매는 1년 차이로 키도 생김새도 엄마를 닮아서 훤칠하니 미인이었다.

이보령 원장은 업무 시작하기 전에 가정의학과 선생님과 내과 선생님 또 간호사들과 함께 컨퍼런스를 한다. 오늘의 주제는 'WHO 세계 예방접종 주간'을 맞아 성인도 어렸을 때 맞은 예방접종을 다시 접종하여야 한다. 어릴 때 맞은 백신 효과가 서서히 떨어지는데다 나이에 따른 면역력도 약해지기 때문이다. 특히 파상풍과 백일해, 폐렴의 예방접종은 3~4년마다 추가 접종해 두는 게 좋다.

특히 다문화병원에서는 다문화교회 다문화가족은 무료진료인 만큼 신경 써야 할 것임을 강조하신다. 실장인 이인선 간호사가 인플루엔자 예방접종과 환자의 관리에 중점을 둔 유인물을 간호사들에게 돌리고 있다. 접수창구에는 오전에 진료할 수 있는 환자접수가 이미 끝날 정도로 요즘은 여름 독감 환자가 많다. 대기실에서는 간간이 기침소리가 들려오고 주사실에서는 "아~아파요. 안 아프게 좀 놔 주세요." 꾸짖는 소리인지

사정하는 애교인지, 삶의 현장감을 느끼게 한다.

약국장인 주정진 약사가 하루 일과를 지시하고 김봄 약사와 박 약사, 황 약사에게 안전조제에 신경 써줄 것을 당부한다. 항시 그렇지만 오늘도 2층에서 내려오는 처방을 소화하기 바쁘다. 물론 다문화가족이면서 우리 교회에 적을 둔 환자는 무료진료라는 것을 접수대 앞에 게시해 놓고 있다.

"요즘 한여름인데도 독감 환자가 많아 학교도 비상이다. 각자 자신의 건강을 자기 스스로 책임져야 하는 만큼 환자관리에 신경 써 줘야지 다른 방법이 없다."

환자들에게도 주지시키는 몇 가지 주의사항을 말씀하신다. 즉 기침할 때는 손수건으로 입을 막고 마스크도 KF 850 식약처 인증 마스크를 써야 미세먼지도 막을 수 있다고 하신다. 미세먼지도 문제지만 더 심각한 것은 초미세먼지로 우리 몸에 들어가면 빠져나오지 못해 암 발생의 원인이 된다. 초미세먼지로 인한 세계 사망 환자도 년 5백만 명이 넘는다는 통계도 나와 있다.

다문화교회와 다문화센터

주일 1부 예배가 시작되자 자리는 빈자리가 없이 다 차버렸다. 특히 얼굴빛이 다른 다문화가족이 많이 참례하고 있는 것이 이색적이었다. 곧이어 임준홍 담임목사가 단에 오르고 '오늘의 묵상'으로 설교가 시작된다.

"살아계시지만 눈에 보이지 않는 하나님! 말씀이 하나님이고 말씀 안에 생명이 있다고 하십니다. 빛이 어둠에 비치되 어둠이 깨닫지 못하였다." 요한복음 1장 1절에서 5절에 있는 성경구절을 낭독하며 잠자는 신도들의 영혼을 불러들인다.

"오늘은 요한복음 12장 24절 말씀입니다. '한 알의 밀이 땅에 떨어져 죽지 아니하면 한 알 그대로 있고, 죽으면 많은 열매를 맺느니라.'"

이와 같은 희생정신이 없이는 참다운 사랑이 이루어질 수 없습니다. 누구나 알고 있는 '로미오와 줄리엣'의 이야기는 죽음으로써 사랑을 찾으려 했던 대표적인 이야기가 되겠습니다. 그보다 더 성스러운 죽음은 예수 그리스도의 십자가에서 죽음이야말로 온 인류를 위한 거룩한 죽음이지요.

그분께서 왜 죽음을 선택하셨겠습니까! 비록 죄는 많지만 그래도 인간을 사랑하사 그들을 살리고자 대신 고통의 십자가에 돌아가신 것이지요. 그분의 죽음이 있었기에 지금 우리가 행복하게 살고 있는 것입니다. 그러므로 우리 인간은 평생 그리스도께 빚지고 살고 있는 것이지요.

"사랑은 주는 것이라고 합니다."

사랑은 자기가 가지고 있는 모든 것 즉 육체나 정신, 물질을 다 주어도 아까운 것이 없는 것이라고 합니다. 사랑은 라디움이나 초와 같은 것입니다. 라디움은 방사선을 발사하고 있는 동안 그 작용을 계속합니다. 그 작용을 멈춘다면 그것은 이미 라디움이 아닙니다. 초도 마찬가지입니다. 초가 타서 자신이 없어지는 동안에만 빛을 발휘합니다. 사랑도 마찬가지입니다. 자기 자신을 부정하며 희생시켜 가는 동안에 사랑은 할 수 있는 것입니다. 자기는 그대로 있으면서 사랑의 빛만이 나타나리라고 믿는다면 크나큰 잘못이 아닐 수 없습니다.

"십자가의 고통의 신비는 부활과 구원을 약속한다."

일찍이 철학자 카를 힐티는 말했다.

'미움을 가까이하고 사랑을 멀리해서는 마음의 평화를 얻을 수 없다.'

"여러분 오늘부터 무조건 사랑을 주십시오. 조건이 따르는 사랑은 거래이지 사랑이 아닙니다. '다 같이 사랑해요. 하트를 그리세요.' 감사합니다."

다문화가정은 필리핀이나 베트남, 몽골 또는 중국 등의 국가로부터 한국에 시집온 여성들이 대부분이다. 임 목사는 신도들의 이해를 돕기 위하여 영어도 섞어 가며 설교하는 목사이시다.

일찍이 젊은 시절 뉴욕 한인교회에서 시무를 마쳤으며 하버드대학에서 신학박사학위도 받았다. 또한 설교가 설득력이 있어 듣는 이마다 감동을 하곤 한다. 그래서 신도들은 그를 '하나님의 특사'라 부른다.

다문화선교센터

   다문화선교센터 회장인 주정진 장로는 예배가 끝난 후 다과회를 하며 교우끼리 친교의 시간을 갖는다. 서로 인사 소개도 시키고 개개인의 특기 또는 장점을 부각시키면서 한가족 같이 마음의 벽을 허물고 형님 동생이 되고 친구가 된다. 때로는 공동체로서 단결과 화합을 강조하는 주 센터장은 솔선을 보이며 리더로서의 능력을 아낌없이 발휘하여 교우들로부터 존경과 추앙을 받는 인기 만점의 멋진 사내이다. 센터장에 들어서면 먼저 교훈이 눈에 들어온다.

대전다문화센터의 교훈

   1. 우리는 하나다
   1. 우리는 할 수 있다
   1. 우리는 국가와 사회를 위해 봉사한다

   드디어 한글교실이 개강한다. 기다리던 배움의 터전 한글교실이 개강되었다. 이어서 주정진 센터장의 인사말이 있었다.

"오늘 이 자리에 모인 우리는 한가족이고 형님, 동생이자 친구로서 진실하고 성실한 인간관계를 맺어 나가는 믿음의 교우이며 사랑의 교우로서 사회에 모범을 보이는 대전 다문화가족이 되길 기대해 봅니다. 아니 꼭 그렇게 돼야 합니다. 또한 우리 센터에서는 학비가 없어서 공부를 중단한다거나 경제적으로 어려운 자녀에게는 우리 계열회사인 새롬한솔신용금고에서 제로금리로 대출도 해주도록 조치도 해 놨습니다. 오늘 여러 언론단체에서 참석해주신 선생님들께도 저의 소신을 약속드립니다. 그래서 오늘 저는 이 자리를 빌려 정진기업헌장을 선포하겠습니다. 정진그룹은 사회구성원으로서 공감·배려·상생의 마음으로 국가와 지역사회의 다양한 이해관계자들에게 한 발 더 가까이 다가가 봉사하고 경제적인 도움을 줄 것을 약속드립니다."

이 기사가 아침 신문에 올려졌다. 정진은 아침식사도 못하고 축하전화 받기에 정신이 없다. 벌써 대전지역 사회에서는 우뚝 선 명망 인사로 자리를 잡아가고 있다. 주 약사의 특유의 성격상 적극적이고 개척을 좋아하는 호기심 많은 사나이로서 항시 도전적이다.

한편 주일 낮 예배 끝난 후 최현진 행정사의 법률상식과 생활이란 주제로 강의가 있으며 한국 가정의례와 한국문화의 이해와 실천에 대해 공부하고 또한 매주 목요일 오후 7시부터 9시까지 한글 담당교사 김우연 선생님을 초청하여 초등학교 과정의 한글교육을 하고 있다. 국어 교과서는 창솔문학사 김철순 사장의 기증으로 다시 감사의 인사를 드린다. 또한 국어사전도 최신판으로 20여 권을 기증받았다.

UN 사무처에서 근무 중인 김선영 사무국장의 말을 빌리면 UN보고서는 한국 사회에서 다문화가족이 차지하는 비중은 2017년 현재 전국에 200만 명에 이르고 2050년에 500만 명, 2100년이 되면 1,000만 명이 훌쩍 넘는다고 한다. 비공식집계에 의하면 대전시에 현재 18,000여 명의 다문화가족이 경제활동을 하고 있다고 한다. 이에 해송대학교의 외국인 교수인 글레임 포턴 교수는 '이제 한국도 다문화주의 시대'라고 했다.

이들은 주로 필리핀, 베트남, 방글라데시, 태국, 몽골, 중국의 국적을 가졌으며 결혼, 관광비자로 체류하고 있으면서 직업을 가지고 있는 경우가 태반이다. 그들은 간간이 유효기간이 지난 비자문제, 또는 사기결혼 등으로 법적인 상담이 필요하다. 다문화교회에서는 행정사 한 분을 초청하여 상주하며 법률상담을 무료로 실행하고 있다. 또한 혼인신고가 안 된 가족에게는 목사와 행정사가 적극적으로 나서서 해결해 주기도 한다. 말이 해결이라 간단한 것 같지만 실제로 일을 맡아 해보면 보통 어려운 게 아니다.

한번은 필리핀 출신 여자와 살고 있는 다문화교회 봉사부장인 이기석 씨의 혼인신고를 해주는데 필리핀 대사관을 세 번이나 다녀와서 겨우 해결해 주었다. 이토록 어려울 뿐 아니라 아예 해결 안 되는 사안도 너무 많다. 또 한 건의 경우는 필리핀 현지에 파견 나갔던 한국인 기술자가 장기체류하면서 현지 여성과의 사이에 아들을 낳았는데 물어물어 애기 아빠를 찾아 이국 만 리 한국에 왔다는 '존 리샤'는 문전박대로 쫓겨나는 말 못 할 비참한 현실도 있다. 우리 교회의 고문변호사를 통해도 방법이 없었다. 피해 측에서는 양육비라도 달라고 했지만 구제방법이 전혀 없었다.

이런저런 사건이 너무 많아 이미지를 실추시키고 있었다. 또 하나 사회문제를 일으켰던 사건은 업체에서 임금을 받지 못하자 화가 난 그는 한강철교 트랩에 올라가서 외쳐 댄 베트남 청년의 절규는 "나도 사람답게 살자. 너희들만 사람이냐!" 이토록 우리 사회가 도덕적 불감증의 덫에 빠져버린 국민성이 큰 문제였다. 기업들이 그들의 불법체류를 빌미 삼아 임금을 안주거나 깎아버리는 상도에 어긋난 비도덕적이고 야비한 무리도 간혹 있다고 한다. 인간성이 상실된 사회는 금수와 뭐가 다르겠는가. 교회는 인간성의 회복에 절대적인 기능을 하고 있는 것이다. 도덕이 무너지면 그 사회는 이미 존재가치가 없어짐을 우리는 알아야 한다. 그럼으로 교회에서는 도덕과 윤리에 대해 공부도 시키고 권장하는 것이다. 소위 '권선징악'을 설명하고 교회가 사회의 등대가 돼야 하는 책무를 강조한다.

긴 여름방학도 끝나고 가을학기가 시작되었다. 주정진 센터장의 인사말에 이어 "이번 학기에는 각자마다 자기의 롤 모델로 '멘토'를 정해서 생활에 조언과 상담을 받도록 하자"고 제의한다. 물론 멘토는 다문화교회의 신도 300명 중에서 하기로 하자는 제의도 잊지 않았다.

"여러분을 위해 봉사활동을 하고 계신 유형자 선생님과 강정옥 선생님께도 다시 한 번 감사의 말씀을 드립니다. 여러분들도 두 선생님에게 고맙다는 박수를 쳐 주시기 바랍니다."

"선생님, 감사합니다."

힘찬 박수가 터져 나왔다. "특별히 이번 여름학기에는 수학 여행을 가기로 했습니다. 장소는 우리나라 남단에 있고 세계 문화유산으로 유네스코에 등재 되어 있는 세계 7대 관광지이 자 국제자유도시인 제주도로 갈 계획입니다." 그러자 학생들 은 환호의 박수와 와우~소리를 지르며 좋아했다. 이어 김우 연 선생님은 출석부를 부르기 시작했다. "1번 리세로 린다, 2 번 아세네로 놀먼, 3번 리선 매로, 4번 천수잉, 5번 탁트 엉, 6번 리샤, 7번, 8번, 9번, 이렇게 20번까지 불렀다. 한 사람도 빠짐없이 전원 출석에 기쁩니다." 라고 인사를 한 후 강의를 시작했다.

"4학년 국어 교과서를 펼치세요. 'P 25~30 어버이날'을 각 자 노트에 예쁘고 정확하게 읽으면서 써보세요." 이때 유 선생 님과 강 선생님은 학생 옆에서 발음이며 띄어쓰기 받침 등을 도와준다. 또 필리핀 출신 미카엘 칸 여선생님은 본 센터에서 교회 신도 몇 분과 목사, 김우연 선생님을 모아놓고 영어 특히 회화 중심으로 가르치고 있다.

시간이 되자 선생님은 "오늘은 이 정도로 하고 개강 첫날인 만큼 서로의 안부를 묻고 앞으로의 수업 계획과 취업 또 진로에 대해서 상담하겠습니다. 취업문제로 상담이 필요하신 분은 수업 끝나면 제 사무실로 오세요." 수업이 끝나자 베트남 출신 여학생 윈더 쭈와 남자 텅스 악이 교무실로 김우연 선생님을 찾아갔다. 선생님은 "요즘은 경제가 워낙 나빠 자주 들어오던 추천 의뢰도 드물어 이번에는 치킨점에서 2사람 추천을 요구해 왔다."며 그 둘을 추천하였다. 이 어려운 때에 정말 운 좋게 취업이 잘됐다고 서로서로 축하의 말을 건네며 부러워하는 친구도 있었다.

여름방학이 될 무렵 수학여행 안내문이 교회 게시판에 붙었다.

다문화가족 제주여행 일시

1. 일시 : 2018. 6. 29(금)~7. 1(토) 2박 3일
2. 장소 : 제주도 일원
3. 교통편 : 청주공항 KAL 825. 10시 출발. 공항에 8시까지
   집합
   등산복 준비(올레길 트래킹).세면도구. 주민등록증 반

드시 지참(매표 및 출발 시 필요함)

4. 인솔자 : 김우연 선생님
5. 경비: 다문화센터장 주정진 장로님 전액 부담
  *동행할 팀 : 한국해외문화(대표 : 김우연)팀 16명과 교회팀
   24명 총 40명

10시 정각이 되자 KAL 825 보잉기는 굉음을 내며 힘찬 이
륙을 하였다. 기장의 안내방송이 울려 나왔다.

"안녕하십니까? 저는 청주에서 제주공항까지 여러분을 안
전하게 모실 기장 한상윤입니다. 이 비행기는 고도 6000km,
시속 650km로 앞으로 한 시간 후에 제주공항에 도착할 예정
입니다. 기류가 나빠서 기체가 좀 흔들릴 수 있으니 안전벨트
를 매시고 안전여행을 하시기 바랍니다. 감사합니다."

하늘에서 내려다보이는 대한민국은 참 아름다운 나라였다.
김우연 선생과 미카엘·칸 선생은 이런저런 이야기로 시간 가
는 줄도 모르게 금방 목적지 제주도에 도착하였다. 바다 위에
떠있던 조그만 섬으로 보이던 제주도가 착륙하고 보니 엄청나
게 큰 국제공항이었고 관광객이 밀려들어 혼잡을 이루고 있었

다. 과연 세계 7대 경관의 제주임을 실감할 수 있었다. 다문화
팀은 김우연 선생이 이끄는 '해외문화팀'에 이번 여행을 계기
로 본인이 원한다면 전원 회원으로 가입하기로 주정진 장로와
내적으로 합의가 이루어졌다.

유사 이래 언제 바다가
수태(受胎)를 거부했던가
여인의 알몸 위에서 뒤트는 뱀장어처럼
곡선을 그어본다

유방은 물이 잠기지 않는 부분
우리는 어떤 의문을 풀기 위해 헤엄치고 있다

아 아 바닷속 깊이
깊숙이 생성되어있는 블랙홀
해저 동굴에 산소가
가득 찬 지면이 있을 줄이야

난파선의 음산한 고동 소리와
심해어처럼 빛나는 해골도 없이

증발해 버린

우리의 종말을 어떻게 설명해야 하나

내가 자란 어느 바닷가에서

숨 쉬는 알을 낳는 거북이를 보고

용궁의 꿈을 꾸었던

황홀한 해도는 내 망막에서 지워졌다

태어나기 이전으로 돌아가야 하는가

바다는 몽유병 환자처럼

그 비밀을 숨기고

흰 피를 토하며 출렁이고 있는데

— 한국문화해외교류협회 제주지회 고훈식 시인의 시 「바다의
　블랙박스」

　　제주도(濟州道 Juju Island)는 대한민국 최남단에 위치하며 행
정상 특별자치도 성격을 띠고 있다. 면적은 1,849.02㎢으로
서 서울 605㎢ 3배이며 가로72㎞, 세로가 30㎞이다. 전체 해
안선 길이는 253㎞이다. 행정구역은 2시 7읍 5면 31행정동
(62개 법정동) 172개 행정리(134개 법정리) '제주특별자치도'는
우리나라 최대의 섬이다. 목포에서 남쪽으로 141.6㎞, 부산에
서 남서 방향으로 286.5㎞, 일본 대마도(對馬島)에서는 서쪽으

로 255.1㎞ 떨어져 있다.

제주도 상주인구는 66만 명 정도이며, 연간 제주도를 찾는 관광객은 1천 5백만 명으로 동북아 최고의 관광 섬이다. 제주도의 높은 인기는 유네스코 3관왕 획득과 세계 7대 자연경관 선정 등이 호재로 작용했고, 제주 신공항 건설, 신화역사공원 건설, 제주국제자유도시개발센터 등의 개발이 이어지면서 국내외에 관심이 높아졌다.

대략 제주도의 나이는 100만 년 정도로 확인되고 있다. 이는 지구의 나이로 보았을 때는 순간이 순간으로 이어지던 짧은 시간이다. 이제 막 태어난 섬이 약 100만 년 전에 화산활동을 시작해서 만들어지기 시작했고, 1007년의 분출을 마지막으로 지금과 같은 모습의 섬이 된 것이다. 불과 물이 빚어낸 화산섬 제주도는 대한민국 최남단에 위치한 세계적인 휴양지이다. 겨울에도 영상의 기온을 유지하는 온대 기후에 속하기 때문에 육지와 다른 아열대, 온대, 한대 식물이 공존하는 식물의 보고이다.

많은 사람들이 제주도로 휴가를 떠나지만 그곳에서 꿈꾸는 휴가는 모두 제각각이고 아주 다양하다. 한라산 등반, 스쿠버 다이빙, 한적한 산사에서의 템플스테이, 올레길 산책, 식도락 여행, 박물관이나 공원 방문, 면세점 쇼핑 등 매우 다양하지만 그중에서도 올레길 오름이 단연 별미였다. 또, 민요의 고장 성읍민속촌, 무속(巫俗)의 당공 보성리 민속촌, 연등(燃燈)의 제단 월령리 민속촌, 표선민속촌 등이 있다. 민속 행사로는 한라문화제, 삼성사제 및 삼성혈제(三姓穴祭)가 있다.

제주도에는 다양한 테마거리가 있다. 제주도의 싱싱한 수산물과 흑돼지를 주재료로 하는 음식점들이다. 서부두 명품 횟집거리는 45년의 전통을 자랑하는 곳으로서 많은 식도락가들이 찾는 곳이다. 공항과 가까운 바닷가에 위치하고 있어 바쁜 여행객도 한 번쯤 들러서 바다와 회를 맛볼 수 있는 곳이다.

문화예술을 주제로 하는 서귀포 이중섭거리에서는 다른 테마거리와 차별화된 독특한 구성과 미술 작품 및 문화공간을 만나볼 수 있다. 용담 해안 카페촌 거리는 해안도로를 따라 조성된 이국적이고 아기자기한 찻집들의 거리이다.

돌 하나, 바람 한 점까지도 탐나는 '탐라도' 제주는 옛 도심

골목에도 관광지 개발의 와중에 살아남은 제주 특유의 볼거리들이 숨어 있다. 시내 올레길(집에서 거리에 이르는 골목길) 탐방이다. 제주목 관아에서 출발해 제주성터와 산지천 물길 거쳐, 온화한 미소로 반기는 복신미륵상까지 걷는다.

참여 회원은 운영본부가 있는 대전광역시를 비롯하여 서울 동작구, 부산, 진주, 대구, 경기 오산, 고양, 세종, 광주, 울산 등지의 회원 방문단 16명과 다문화팀 24명의 해외문화 관광 팀이 신록의 계절 6월 29일 검푸른 바다를 끼고 있는 제주국제공항에 첫발을 내디뎠다.

공항에 도착하자 방문단은 입이 쩍- 벌어졌다. 출구에 "한국문화해외교류협회 제주방문을 환영합니다."라는 대형 현수막이 우리를 먼저 반겼기 때문이다. 현수막 뒤에는 제주지회 고훈식 지회장과 문경훈 제주협의회 부회장 외 여러 회원들과 제주 가나여행사 양춘성 실장과 함께 박수를 치며 방문단을 환영했다.

반가운 마음에 서로 끌어안고 해후의 기쁨을 만끽했다. 방문단은 미리 정한 일정에 따라 오찬장으로 향하였다. 공항에서 이동하는 동안 차창으로 보이는 길가 야자수와 까만 돌담, 푸른 바다를 보며 한국문화해외교류협회 주정진 인솔단장이 제주지회 문경훈 부지회장을 보며 말한다.

"제주도는 같은 우리나라 땅이지만 어느 외국에 온 것 같아요!"
"맞아요, 몇 번 올 때마다 늘 생경하고 아름다워요."

방문단은 공항에서 가까운 용두암(龍頭岩)길 52번지에 있는 '돌담식당'에서 제주지회 회원들과 어울려 고등어 한정식을 만났다. 환영하는 의미로 제주지회 문정수 자문위원님이 제주어(濟州語)로 건배를 한다.

"육지에서 온 한국문화해외교류협회 회원 여러분을 환영하는 의미로 제주어로 건배를 하겠습니다. '느울엉(당신을 위하고) 나울렁(나를 위하고) 모울렁(모두를 위하여)' 건배!"
"느울엉 나울렁 모울렁! 짝짝짝 — !"

용두암길 돌담식당을 나오며 임재현 문화이사가 황의방 교육문화이사를 보며 말한다.

"이 식당 '고등어구이' 정말 일품이네요!"
"그러네요. 현지에서 잡아 즉시 요리한 고등어라서 그런지 참 맛있네요!"

첫 오찬을 마치고 제주지회에서 준비한 현수막을 들고 단체 사진을 촬영했다. 방문단은 오찬 후 제주 문화탐방 첫 번째로 애월읍에 있는 한담공원에 갔다. 녹담거사 장한철(張漢喆 1744~?) 표해록(漂海錄)기념비 앞에서 우리는 그의 일대기에 관한 설명을 '순동 김종호(巡東 金宗昊)시인'으로부터 자세하게 들었다.

김종호 시인은 향리(鄕里) 애월읍 애월로 139-5번지 거주하며 평생 표해록에 일생을 바칠 정도로 헌신하신 분이었다. 김 시인은 중등미술 교사를 정년하고 애월초등학교 총동창회 제2대 회장, 제주도의회교육운영위원회 자문위원 등을 역임하신 산교육자이다. 한국문단은 2007년 문예사조 신인상(시) 등단하고 애월문학회 초대회장과 한국문인협회, 제주문인협회 회원과 한국문화해외교류협회 제주지회 고문과 시집 『뻐꾸기 울고 있다』『설산에 올라서』『순례자』『소실점』 등을 출간한 훌륭한 원로시인이었다.

김 시인이 보존한 '표해록(漂海錄)'은 1770년에 제주 출신 선비였던 장한철 님이 과거를 보러 배를 탔다가 폭풍으로 표류해 1771년에 귀국하기까지의 경험을 쓴 기록이다. 표해록은 현재 제주도 지정문화재이다. 순동 김종호 시인은 우리 방문단에게 김 시인의 저서 '날개'와 장한철의 '표해록'을 선물하기도 했다. 방문단은 장한철 표해록 기념비 앞에서 단체촬영을 마치고 생가를 방문하고 인근 올레 해변길을 걸으며 주변을 산책하는데 소금을 구워내는 곳을 보았다. 제주 사람들은 소금을 햇볕으로 말려서 하지 않고 불을 때서 굽는단다. 아름다운 해안가에서 삼삼오오 짝을 지어 멋진 배경으로 기념사진을 촬영했다. 곽지해수욕장의 고운 모래와 송림이 어우러져 한 폭의 풍경화를 그리고 있었다.

문득 서양의 여행가 '잘랄루딘 루미'의 말이 생각이 난다.

"여행은 힘과 사랑을 그대에게 돌려준다. 어디든 갈 곳이 없다면 마음의 길을 따라 걸어가 보라. 그 길은 빛이 쏟아지는 통로처럼 걸음마다 변화하는 세계 그곳을 여행할 때 그대는 변화하리라!"

한담공원 올레 해안길 체험을 마치고 애월읍 하가로 180번
지 더럭초등학교 옆 'From 더럭 연화못 카페'에서 방문단은
모처럼 여유와 단아한 자세로 회원들끼리 '러셀안뭉 커피 타
임'을 갖으며 망중한(忙中閑)을 즐겼다. '더럭초등학교'는 어느
기업의 CF에 나왔던 학교로서 폐교가 예정된 학교를 색체 작
업하는 예술가들이 예쁘게 꾸민 학교이다. 더럭초등학교 건너
제주의 애월에 연꽃 못이 있다니 반갑다. 유유자적한 연화못
을 보노라니 제주는 참으로 아름다운 섬이라는 것을 새삼 느
꼈다. 더럭 카페에서 커피를 마시며 옆의 청암 문경훈 시인한
테 말을 걸었다.

"청암 선생님 삶의 주변에 이런 자연환경이 존재한다는 것
은 제주도에 사는 축복이 아닐 수 없네요?"
"어허, 김우연 대표님도 이사를 오세요. 멋진 곳을 소개하여
드리지요. 하하하——!"
"알겠습니다. 깊이 생각하여 볼게요."
"김우연 대표님 오신다면 제주지회에서 쌍수로 환영하겠습
니다."

넓은 연화못에는 연꽃이 가득하고 목재부교 사이로 관람객

들이 천천히 산책을 하고 있었다. 방문단은 버스로 한국문화 해외교류협회 '제주지회 현판식 행사'를 위하여 제주시 도남로 15길 7번지(도남동) 제주지회 사무실로 옮겼다. 제주지회에서 미리 준비한 일정에 따라 1층에서 제주지회 창립 테이프 컷팅을 마치고 2층 사무실에서 제주감귤로 환담을 나누었다.

현판식을 마친 일행은 이번 행사에 하이라이트 문화교류의 밤을 참여를 위하여 도령로 108번길(연동)에 있는 '삼해인관광호텔'로 갔다. 아담한 호텔은 정적(靜的)이며 정갈했다. 방문단은 950개의 객실을 보유한 중형급 호텔이다. 객실 배정 키를 받아 숙소에 짐을 풀고 2층 연회장으로 갔다.

한국문화해외교류협회와 제주지회의 문화교류 축전(祝典)은 제주지회 기획이사이며 시 '제주에 이는 바람'의 저자 제주한라대학 정예실 교수의 차분하며 교양있는 자세로 진행되었다. 행사 서두에 제주지회 고훈식 지회장의 환영사, 김우연 대표의 답사, 문경훈 협의회장의 제주지회 참석자 소개, 주정진 인솔단장의 본부 참석자 소개와 위촉장 전달이 있었다.

이어 제2부에서는 문경훈 회원의 중국칭다오문학상 수상,

박명희 회원의 한국교육가족대상과 변철환 회원의 해외문학상 수상이 있었다. 이어 본부 주정진 인솔단장의 추억의 하모니카 축하연주, 제주지회의 재원(才媛) 이시원의 팝페라의 열창, 광주 유양업 성악가의 고운 가곡 감상, 제주지회 진순애의 가야금 연주, 광주 나정임 이사의 전라도 구수한 사투리 구연, 제주지회 고광자 시조시인의 절창, 본부 김우연 대표와 제주지회 이시원 팝페라 가수와 같이 자리에서 일어나 손에 손을 잡고 '사랑해'를 부르며 문화교류 행사의 대미(大尾)를 장식했다.

따라서 국제적 비영리 문화나눔 봉사단체인 한국문화해외교류협회와 제주지회가 성공적인 2018년 문화교류 행사를 갖으므로써 제주 문단에서는 문경훈 시인의 중국 칭다오문학상 수상과 박명희 수필가의 한국교육문화대상, 변철환 시인의 해외문학상을 수상하는 문학적 영예의 큰 수확을 거두게 되었다.

행사 후 일행은 바로 옆 식당가에서 만찬을 즐기며 육지에서 건너간 회원들과 제주지회 회원들이 서로 술잔과 명함을 건네며 화기애애한 분위기를 꽃피웠다. 문화교류와 만찬을 마

친 일행은 숙소에 들어와 제주에서의 첫날 들뜬 분위기 속의
행사 뒷풀이를 위하여 숙소 뒤 음식점으로 옮겼다. 새벽 1시
까지 여흥을 즐기고 까아만 제주 밤하늘을 보며 잠자리에 들
었다.

이튿날 방문단은 삼해인호텔에서 아침식사를 마친 후 다시
버스에 올랐다. 여름 장마철 비가 오락가락하고 있었다. 일행
은 이번 제주지회에서 선물로 제공한 우산을 하나씩 들고 한
림읍 월림7길 155번지 '더마파크(The 馬 Park)'로 갔다.

이곳은 말과 관련된 다양한 문화체험을 할 수 있는 테마파
크로서 2008년 11월에 처음 문을 열었다. 가장 대표적인 시
설인 기마 공연장에서는 몽골 출신의 남성과 여성으로 구성된
공연단이 '광개토대왕'이란 깃발 아래 일대기를 내용으로 하
는 화려한 마상공연이다. 고구려 북방 대륙을 지배했던 한민
족 역사상 위대한 영웅 광개토대왕의 파란만장한 삶을 재현한
스펙터클한 기마공연을 관람하며 민족의 역사를 다시 보며 우
리선조의 지혜와 용맹을 엿볼 수 있었다.

고구려 중기 375년 고국양왕의 아들로 태어난 광개토대왕

의 이름은 담덕(談德)이다. 담덕과 담장은 유년 시절 친구이며 청년으로 성장하고 하늘의 선택을 받은 지도자 담덕과 하늘의 운명을 거역하고 떠난 태자 담장은 백제와 손을 잡고 고구려를 침략하는 피할 수 없는 운명의 대전투가 일어나고 담덕의 승리로 끝난다. 고구려 민족의 운명을 짊어지고 백성들이 넓은 뜰에서 잘살 수 있도록 북벌정책을 강행하여 만주땅 길림성에 고구려 제19대 광개토대왕의 업적을 기리고자 아들 장수왕이 건립한 대왕의 비석은 아무도 돌보지 않는 곳에서 지금도 후손들이 찾아오기를 기다리고 있다.

광개토왕극에 출연 배우들의 마상공연 심지어 말들의 공연도 세계 최상의 수준급이었다. 말 위에서 곤봉 돌리기, 물구나무서기, 체조 등 다양한 연기력 심지어 전쟁하다 병사가 죽으면 말도 쓰러져 죽는 시늉을 하는 모양이 저 말들은 얼마나 훈련을 했을까? 말들도 관중을 향해 인사하니 우레와 같은 박수가 터져 나왔다. 기마공연장에서는 몽골에서 온 칭기즈칸의 후예들이 역동적으로 대지를 달리는 광경을 직접 마주할 수 있다. 실제 공연을 구성하고 있는 배우들은 몽골 현지에서 선발된 최정예 전문 기마공연단원들이란다. 칭기즈칸의 후예들이 직접 펼치는 공연이다. 지금까지는 영화와 같이 화면에서

만 볼 수 있었던 기마전쟁을 실제로 볼 수 있는 야외 기마전쟁 드라마이다.

이곳에서는 몽골 유목민의 전통 생활을 엿볼 수 있었다. 체험 승마장에서는 어린이를 대상으로 하는 미니어처 포니 체험 승마와 승마 애호가를 위해 마련한 다양한 승마 코스를 즐길 수 있다. 관람장에서는 여러 희귀마를 구경할 수 있고, 제주 비경 미니어처 공원에서는 한라산을 비롯한 제주도의 여러 비경의 모형을 감상할 수 있다. 그 밖에 명마 방목장, 승마 클럽 하우스 등의 부대시설이 있다.

마상공연을 마치고 방문단은 서쪽 대정읍 안성리에 있는 '추사 김정희 선생'의 유배지와 기념관을 돌아보았다. 추사는 귀양와서 강도순(姜道淳)의 가옥 유배지에서 살면서 9년 3개월에 거쳐 시서화를 연마하고 국보인 세한도를 그릴만큼 당대 최고의 예술가가 되었다. 기념관이 잘 꾸며져 있어 인문학 자료를 구할 수 있는 전시관이었다.

점심시간이 되어 방문단은 대정앞바다가 보이고 송악산이 보이는 곳으로 갔다. 비록 비는 오지만 푸르런 산과 바다가 아름답게 조화를 이루고 있다. 마침 함께 간 제주지회 변철환 사무국장의 시 '메밀꽃 사랑'이란 시가 생각이 났다.

메밀꽃 사랑

변철환

한라산이 보이는 드넓은 벌판
주변을 둘러싸고 있는 오름들

솜털이 내려앉아 뽀얗게 쌓인 듯
멀리서 보면 안개꽃 같기도 하고
소금을 뿌렸는가 햇살에 눈부시다

가을바람이 불면 물보라를 일으키며
공연히 가슴을 일렁이게 하는 메밀꽃
그녀는 메밀꽃 줄기에 걸려 넘어졌다

어디 꿩 한 쌍이 숨어 있었나 몰라
메밀꽃 꽃말이 뭔 줄 알아?

사랑의 약속이다 사귀자고 고백하면
사랑의 인연, 연인이라는 꽃말은
푸른 하늘 아래 떠 있는 양떼구름.

대정앞바다 가까운 곳에 '가파도'와 '마라도'가 있다. 가파도는 대정읍 항구에서 배를 탄다. 바람이 잔잔하게 불면 어디선가 비파소리가 들린다는 모슬포항에서 가파도 뱃길은 20분, 남쪽으로 5.5㎞ 해상에 있는 섬이다.

우리나라 유인도 중에서 표고가 20.5m로 가정 낮은 곳이며, 우리나라에서 가장 높은 한라산(1,950m)과 같이 있어 매우 의미가 깊은 섬이다.
면적 0.84㎢, 인구 200여 명이 거주한다. 해안선 길이 4.2㎞, 18만 평 청보리 물결 위로 동쪽으로는 한라산을 비롯한 5개 산(산방산, 송악산, 고근산, 군산, 단산)이 병풍처럼 둘려져 있으며 5.5㎞ 더 멀리 국토 최남단 마라도가 보이는 비경을 간직한 섬으로 거센 조류의 영향을 받아서 각종 어류와 해산물 등이 풍부한 먹이사슬을 형성하는 곳이므로 어업과 갯바위 낚시로도 유명하다.

가파도에서 20분 정도 더 가면 국토 최남단인 마라도가 있다. 마라도는 인구 100여 명이 거주하는 섬이다. 면적은 49.228㎢이다.

조선 숙종 28(1702) 이형상 목사 '탐라순력도 대정강사' 편에 마라도로 표기되어 있고 옛 마라도 표기는 마라도(摩羅島)이나 현재는 마라도(馬羅島)라고 표기한다. 송악산 아래 비를 피하며 저 멀리 바다를 보고 우산을 쓴 제주지회 문경훈 시인이 본부 이영희 화가를 보며 웃으며 말한다.

"마라도와 가파도는 묘한 뉘앙스가 있어요? 돈을 빌리고 마라도를 가면 안 갚고 말아도 되고, 가파도를 가면 갚아야 되어요. 히히히—"

그러자 옆의 이영희 화가가 말한다.

"그럼 나는 마라도로 갈래요. 돈 안 갚고 말아도 되니까요? 호호호—"

웃으며 말을 받는다.

"어유, 그래도 그렇지. 난 가파도를 갈게요. 돈을 빌리면 당연히 갚아야지요? 호호호—!"

방문단은 비 오는 대정앞바다를 보다가 우산을 접고 해변가 대정읍 형제안로 322번길에 있는 2층 '제주해물이야기' 식당으로 갔다. 식당 안은 온통 식도락객으로 인산인해를 이루었다. 식탁에서는 게와 전복, 조개 등 해산물로 가득하였다. 맛난 해물전골을 먹던 대전에서 온 송기동 충남대 교수가 건배를 하잔다.

"이번 제주문화탐방길에서 제주어 보유자이신 문정수 시인님한테 하나 배웠습니다. 자-여러분 제주식으로 '느울엉- 나울렁- 모울렁-' 건배!"

그러자 일동이 힘차게 외친다.

"느울엉 나울렁 모울렁 건배!"
"짝— 짝— 짝—!"

방문단은 오찬을 즐겁게 마치고 대정읍 무릉리 640-5 '수월봉(水月峯) 12코스 차귀도 올레길'을 걸었다. 차귀도를 바라보며 수월봉과 엉알길을 지나 당산봉을 넘고 나면 '생이기정 바당길(새가 많은 절벽이라는 뜻으로 제주 올레가 붙인 이름)'로 접어든다.

U –turn 4

U-turn 4

―

주정진 세계 노벨의학상 수상

세계 유네스코가 지질공원의 진수라고 격찬한 수월봉과 차귀도는 국제적인 화산 연구의 성지로 알려져 있다. 특히 수월봉은 국내에서 유일하게 국제 화산학 백과사전에 실려있고, 세계 지질공원의 보호와 활용의 모범사례로 소개되는 곳이다.

산과 바다, 파란 하늘이 절묘하게 어우러진 수월봉 해안도로를 따라 천천히 걸어오는 광주에서 온 문전섭 목사와 유양업 성악가를 보며 나정임 시낭송가는 말을 걸었다.

"워매 둘이서 그렇게 다정하게 걸어옹께로 마치 신혼여행온 기분이랑께요. 호호호—"

그러자 호남지회 유양업 성악가 정색하며 말한다.

"어매, 뭔노무 신혼여행이 다 뭐랑까? 이 양반 부측하고 오느라고 힘들어 죽것당께로 치이잇—"

방문단은 버스를 타고 이동했다. 이동 중에 회원들끼리 레크레이션을 운영했다. 임재현 이사가 먼저 마이크를 잡는다.

"우리 회원님들 저는 여행 때문에 사는 남자입니다. 여행 ABC는 첫째 거창한 계획을 세우지 말아라. 둘째 행복하게 여행하려면 가볍게 여행해라. 셋째 돈은 조금만 지니고 떠나라! 입니다."

일행은 공감한다며 박수를 친다.

"아, 공감입니다. 좋아요. 또 여행에 대한 좋은 말을 들려주세요?"

"허허— 그러지요! 자— 여행은 휴대할 수 있는 것만 소유하고, 언어, 국가, 사람들을 알아라. 기억을 여행 가방 삼아라. 떠나지 않고 볼 수 없고 보지 않고 안다고 하는 것만큼 어리석은 일도 없다. 진정한 여행자는 걸어서 다니는 자이며, 걸으면서도 자주 앉는다. 상황은 여행을 허가하지 않는다. 떠나야지 비로소 허락해준다. 여행은 변수를 즐기는 과정이다. 너무 계획하지 마라. 이상, 지금까지 임재현 이사님의 체험담이었습니다."

"우·우·우— 짝작짝— "
"역시, 멋진 여행자이십니다."

이번에는 송기동 이사의 넌센스 퀴즈가 재미를 더 했다. 또 차분하며 경기 고양시 이우림 회장의 결 고운 노래, 경기 오산의 정인자 회원의 구성진 노랫가락이 멋진 여행자를 태운 버스를 좌우로 흔들며 즐겁게 한다. 유양업 성악가가 입을 막으며 나정임 시낭송가를 향하여 말한다.

"호호호— 너무 재미가 있어브러요. 이러다가 저 푸른 제주 바다로 버스가 빠져버릴까 싶으요? 호호호—"

레크레이션을 갖는 사이 버스는 고훈식 제자 이경철(李庚喆) 시인이 운영하는 애월해안로 416번지에 있는 '레드크레이 (Redclay)'라는 전망 좋은 집에 도착했다. 본래는 비가 안 오면 성산일출봉에서 야외공연하기로 했으나 우천으로 부득히 이곳으로 변경했다.

밖에는 소낙비가 주르룩주르룩 내리고 있었다. 대전본부 회원들과 제주지회 회원들의 레크레이션이 시작되었다. 시낭송과 노래, 춤, 하모니카와 키타 연주 등 다양한 유희로 회원들 간의 친교행사를 가졌다.

문정수 자문위원과 문경훈 협의회 부지회장과 변철환 사무국장, 박명회 부지회장 등은 그 많은 비가 오는데도 비를 맞으며 방문단을 위해서 인근 시장에 가서 통닭과 돼지족, 김밥 등과 음료를 구입해와 먹거리를 나누는 흐뭇한 자리를 만들었다.

제주문화탐방 2일차 일정을 마치고 방문단은 숙소인 삼해인호텔로 돌아왔다. 대부분의 회원들은 휴식을 취하는 동안 방안에 앉아 몇 분의 일행과 밤늦게까지 제주 한라산소주와 제주막걸리를 나누며 추억의 하루를 마무리하였다. 마지막 날 7월 1일(일) 아침에는 제주전통문화를 대표한다는 제주시 삼성로 402번길에 있는 '자연사박물관'을 관람했다. 박물관은 크게 5개 구역으로 나뉘어 있다. 자연사전시실, 민속1/2전시실, 해양전시실, 야외전시장이다.

화산섬 제주의 자연에 대한 이야기부터 시작해서 제주인의 생활, 해양 생태계까지 제주에 대해서 상당히 짜임새 있게 둘러볼 수 있었다. 초가지붕을 얹은 돌집은 이젠 제주에 많이 남아있지 않았다. 현대식 건물들이 살기가 훨씬 편하다보니 이제는 민속마을이나 박물관에서나 볼 수 있게 되었다.

해양종합전시관에는 제주에서 만날 수 있는 다양한 해양 생물들에 대해 전시되어 있었다. 이 가운데 산에서 살았던 갈치를 잡아 박제를 만들어 '산 갈치'라는 생선이 있었다. 임재현 시인이 황의방 이사를 보며 말한다.

"어, 저거 길이가 4.5미터가 되네? 되게 크네?
"하도 커서 무서워 보이는 갈치였고, 저 정도면 사람도 잡아먹겠다? 허허허—"

이어 방문단은 구좌읍 번영로 2182-80에 있는 '스카이 워터쇼' 공연장을 찾았다. 나무 바닥에서 물이 솟구쳐 오르고 무대가 열리면서 한순간 수영장이 된 무대에서 배우들이 다이빙쇼를 선 보인다. 누구나 입을 턱 벌리고 볼 만한 공연이다. 중국인들의 다양한 묘기들도 즐겁게 해주는 데는 부족함이 없었다.

사진 촬영이 금지되어있어 눈요기만 하고 나오는 아쉬움이 있었다. 손에 땀을 쥐게 하는 '워터 서커스쇼'를 관람하고 표선면 성읍1리에 있는 '고팡(곳간)식당'에서 삼겹살에 컬컬한 제주토속막걸리를 시음했다. 고기를 제주산 고사리에 볶아 먹는 맛이 일품이고 제주토속막걸리 또한 컬컬하여 맛이 으뜸이었다.

방문단은 고팡식당을 나와 조천읍 번영로 1143번지에 있는 '수놀음'이라는 쇼핑센터에 버스를 세웠다. 동북아 최대의 관광지 제주까지 왔는데 선물을 사기 위해서이다. 저마다 선물을 한 꾸러미 사들고 버스에 탔다. 이 가운데 서울 동작구에서 온 노중하 시인은 선물을 구입하여 제주 가나여행사 양춘성 실장에게 선물을 하나 주더니 방문단 전체에게 선물을 돌렸다. 주정진 장로는 선물을 한 아름 안고 버스에 탔다. 이를 보고 임재현 이사가 웃으며 묻는다.

"아니 장로님, 손자 손녀 주려고 많이 사셨네요?"
"그럼. 애들이 이 할애비를 기다려요."

이동하는 버스에서 경기 고양문인협회 이우림 회장과 서울 동작구 노중하 시인이 대화를 한다.

"여행에서 지식을 얻어 돌아오고 싶다면 떠날 때 지식을 몸에 지니고 가야 한다는 말이 생각이나요!"
"그럼요. 여행의 즐거움의 반은 길 읽음의 미학이지요. 목적지를 닿아야 행복해지는 것이 아니라 여행하는 과정에서 행복을 느끼는 거지요!"

방문단은 제주민의 아픔이 서린 제주시 명림로 430(봉개동)에 있는 '제주 4·3 평화공원'을 방문했다.
제주 4·3 사건은 1948년 4월 3일부터 1954년 9월 21일까지 제주도에서 5·10 총선거를 반대하는 제주 민중들의 항쟁과 그에 대한 미군정 때 군인과 경찰들(대한민국 정부수립 이후에는 국군), 극우 반공단체들의 유혈진압을 가리키는 사건을 말한다.

　제주민의 애환이 눈물처럼 서린 '4·3 평화공원'에서 해박한 조병근 문화해설사로부터 설명을 들었다. 서로 가슴 아픈 이야기에 가슴을 저미어 말없이 공원을 걸어 나왔다.

　답답한 마음으로 버스를 타기 위해 주차장에 갔다. 그곳에는 제주지회 문경훈 협의회 부회장의 사모님께서 직접 재배한 고추와 오이를 막걸리와 함께 준비해 놓으셨다. 막걸리 한 잔 마시고 고추를 된장에 찍어 와삭 씹어 먹는 그 즐거움에는 맛과 정성과 자연이 함께 담겨 있었다. 세종시 황의방 이사와 대전 송기동 충남대 교수가 대화를 한다.

　"그 사모님의 정성과 수고가 지금도 나를 제주도로 이끌고 있는 중입니다. 진정한 여행이란 새로운 풍경을 바라보는 것이 아니라 새로운 눈을 가지는데 있지요. 오늘 4·3 평화공원에서 새로운 눈을 가지고 갑니다."
　4·3 평화공원을 나오며 대전 김우연 대표는 말없이 고개를 숙이며 혼잣말로 중얼거렸다.

　　　　　　　　　　　U-turn 4 주정진 세계 노벨의학상 수상

"다시는 아름다운 이 땅에 이런 아픔이 없기를⋯⋯."

방문단은 일정 마지막 코스로 제주시 노형동 124-1번지에 있는 '포도원흑돼지' 식당으로 갔다. 한국문화해외교류협회 방문단의 환송 만찬을 제주지회 고문이자 수필가이며 한국한센복지협회 김순택 원장이 마련하였다. 맛난 까망 흑돼지고기와 시원한 냉면으로 만찬을 마무리하였다.

일정을 마치고 제주국제공항으로 이동하는 버스 안에서 차창으로 부딪치는 바람을 느끼며 문득 제주지회 기획이사이자 제주 한라대학 정예실 교수의 시 「제주에 이는 바람」이 생각이 난다.

　저 한라산을 바라보아라

　저 한라산을
　우리는 한라산의 정기와 백록담
　그리고 철쭉과 구상나무 한 그루까지

　몸에 지니고

저렇게 살아가고 있을 즈음
제주에 이는 바람
그 바람 데리고
저 푸른 바다를
저 푸른 한라산을

한라산을 바다와 같이
우리는 큰 섬의 이름 같이
저렇게 제주에 이는 바람
그 바람 데리고 살아가는 것을

한국문화해외교류협회 방문단은 2박 3일 일정을 마치고 제
주국제공항으로 향하였다. 일정을 접는 마지막 날에 여름비는
하염없이 길가에 쏟아내고 있었다. '약상자에 없는 치료제 가
득한 아름다운 섬 제주 힐링(Healing)'을 마치며 여행가 '앤드
류 매튜'의 말이 생각이 난다.

'여행은 목적지에 닿아야 행복해지는 것이 아니라 여행하는
과정에서 행복을 느끼는 것이다!'
제주국제공항에서 서울 동작 거주 노중하 이사는 현지 제주

건설현장 근무 관계로 제주에 한동안 머문다며 아쉬운 작별을 나누었다. 앞으로 한국문화해외교류협회와 함께한다며 경기 고양시문인협회 이우림 회장은 서울 김포공항으로 갔다.

지금도 눈 감으면 제주도 해안가를 거닐고 있는 것 같은 결 고운 아름다운 제주 올레 문화탐방 길의 베갯잎 추억으로 남아 영원히 우리들 가슴을 적셔줄 것이다.

"2박 3일간 문화탐방단이 편안하고 즐겁도록 준비와 환영으로 배려해주신 제주지회 고훈식 지회장님과 문경훈 부회장님과 사모님, 문정수 자문위원님, 제주한라대학 정예실 교수님, 변철환 사무국장님, 정태근 제주도청 지방이사관님, 애월문학회 김종호 회장, 한림문학회 이중옥 시인님, 박명희 수필가님, 변철환 사무국장님, 전통의 가야금 진순애 연주자님, 미성(美聲)의 열창 미국 피닉스 대학 MBA 출신 이시원 팝페라 글로벌 스타 가수 등 반갑고 고마웠습니다. 또한 이튿날 갑작스런 비로 인하여 성산일출봉 야외공연 일정을 취소하고 고훈식 지회장님 제자가 운영하는 '레드크레이'라는 아담하고 작은 콘서트장을 무료로 제공하신 송제(松濟) 이경철 시인님에게도 고맙다는 인사를 드립니다. 7월 1일(일) 마지막 날 공항 부근 '포도원흑돼지' 오겹살의 맛깔스런 고기와 냉면 음식으로 근사하게 마무리해주신 제주 한국한센복지협회 피부과전문의 김순택 수필가님에게 고맙다는 인사를 드립니다. 그리고 2박 3일간 멋지고 근사한 곳으로 안전하고 쾌적하게 안내하여 준 제주 '가나여행사'의 양춘성(고향 전북 남원 성춘향 이름을 거꾸로 씀) 실장님과 홍성귀 기사님(시를 운전대에 붙이고 다닐 정도의 시 애호가) 수고하셨고 고맙습니다. 알차고 짜임새가 있도록 물심양면으로 노력해주신 제주지회 고훈식 지회장님과 문경훈 부회장님 애 쓰시어 고맙습니다."

쩌렁쩌렁 울려대며
내 고향 고갯길을 건널 때면

날 선 톱날에 토막 나고
조각난 나의 시간들도
마흔다섯 해의 무게쯤
거뜬히 벗어던진다

앓던 관절만큼
무거운 무릎 둘러매고

한 달음으로 내달리면

대팻날에 다듬어진
마룻장 같은
고향 하늘이 참으로 맑다.
— 제주지회 문경훈 시인의 「귀향」 전문

한편 해외문화팀을 먼저 청주공항으로 보낸 김우연 대표는
다문화가족과 함께 제주에서 제일가는 명소 신세계호텔로 향
했다. 저녁식사는 주정진 장로의 배려로 이곳 신세계호텔에서
는 제일 맛있다는 스페셜A＋코스 요리로 그야말로 산해진미
의 만찬이었다. 와인 한 잔에 처음 보는 이어도 전복찜이며 세
계적으로 유명한 성게알로 만들었다는 제주도 특산인 '성게해
물찜'은 입안을 사르르 녹이는 특이한 향기가 잔잔히 온몸 속
으로 스며 들어가는 기분이었다.

일행은 며칠간의 피로에 지쳤으나 주정진 장로의 특별한 호
의와 신세계호텔의 새로운 경치에 전부들 감동하면서 시간 가
는 줄도 모르고 즐기고 있었다. 삼다의 섬 제주는 여자, 바람,
돌이 많기로 유명하다. 삼다의 말 그대로 바람이 먼저와 온몸

을 감싸며 반갑다고 포옹을 한다. 에메랄드빛 푸른 바다는 생활에 찌든 일상을 시원하게 씻어주고 가슴속 깊이 쌓였던 스트레스가 저 넓은 대양을 향해 심호흡을 하니 십 년 체증이 한꺼번에 쑥 내려간 듯 시원했다.

베트남 출신 바 쿠엥도 자기는 평생을 가슴속에 묵직한 납덩이 하나를 안고 다녔는데 이제는 감쪽같이 사라졌다며 좋아하였다. 시간은 자기가 주인이라도 되듯 여행 일정을 서두르고 있었다.

벌써 해는 중천에 와 있고 배속에서는 시장기를 알리는 "꼬르륵, 꼬르륵." 점심 방송을 하고 있다. 이곳 서귀포에서도 알아주는 '돌채'라는 갈치로 유명한 식당으로 갔다. 과연 갈치구이가 나오자 전부 환호성을 지른다. 와~와, 길이가 1m 20cm나 되는 엄청나게 큰 갈치였다. 우리가 신기한 듯 소란을 피우자 식당주인이 보충설명을 한다.

"이 갈치는요 우리나라 남쪽의 제일 끄트머리 땅 있지요. 어디지요?"

"마라도요."

눈요기도 좋았지만 맛도 좋았다. 특히 꼴두기젓은 애피타이

저로 밥 한 그릇을 뚝딱 치워버렸다.

식사를 끝낸 우연과 칸은 애월읍 바닷가로 나왔다. 하늘을 닮은 파아란 바다. 그 위로 하얗게 부서져 내리는 맑은 햇살이 지금까지 쌓였던 모든 피로를 싹 씻어준다. 우연은 자연풍광에 푹 빠져버려 최성원의 「제주도의 푸른 밤」 시를 낭송하고 있고 옆에는 칸이 바다의 신비를 감상하고 있다가 우연 선생이 시심에 빠지자 칸은 우연의 허벅지 위에 머리를 뉘인 채로 눈을 감고 시를 감상하고 있다. 우연은 원래 학교에서 문학창작을 전공하여 대학에서 시 창작을 강의하고 있으며 시인으로 등단한 지 오래된 원로시인이었고 칸도 필리핀국립대학에서 한국학을 전공하였기에 한국시를 좋아하여 평소에도 곧잘 시 낭송을 잘했다.

제주도의 푸른 밤

가수 최성원

떠나요 둘이서 모든 걸 훌훌 버리고
제주도 푸른 밤 그 별 아래

이제는 더 이상 얽매이긴 우리 싫어요

TV에 신문에 월급봉투에

아파트 담벼락보다는

바달 볼 수 있는 창문이 좋아요

깡 깡 밭 일구고 감귤도 우리 둘이 가꿔 봐요

정말로 그대가 외롭다고 느껴진다면

떠나요 제주도 푸른 밤하늘 아래로

떠나요 둘이서 힘들게 별로 없어요

제주도 푸른 밤 그 별 아래

그동안 우리는 오랫동안 지쳤잖아요

술집에 카페에 많은 사람에

도시의 침묵보다는 바다의 속삭임이 좋아요

신혼부부 밀려와 똑같은 사진 찍기 구경하며

정말로 그대가 재미없다 느껴진다면

떠나요 제주도 푸르메가 살고 있는 곳

도시의 침묵보다는 바다의 속삭임이 좋아요

신혼부부 밀려와 똑같은 사진 찍기 구경하며

정말로 그대가 재미없다 느껴진다면
떠나요 제주도 푸르메가 살고 있는 곳

"선생님 참 멋져요. 낭송도 잘하시고 목소리가 너무 시에 어
울리네요."
"칸 씨는 왜 살기 좋은 나라 필리핀을 놔두고 한국에 오셨나
요!"
"선생님, 저의 나라는 아직도 후진국이지요. 경제는 말할 것
도 없고요, 정치도 부패하여 나라가 발전을 못하고 일자리가
없어 한국으로 일자리 찾아왔지요."

우연은 어려서부터 고아원에서 자라 항시 정이 그리웠다.
갖은 고생과 아르바이트로 학비를 벌면서 대학까지 졸업하고
군복무까지 마친 성실한 사나이였다. 지금은 생활이 안정되었
지만 늘 고독한 마음이었고 정이 그리울 때면 시를 쓰곤 하였
다. 우연은 노래도 좋아하고 하모니카도 잘 분다.

"칸 씨 제가 멋진 노래 들려 드릴게요."
"오! 선생님 좋지요. 빨리 불어 봐요, 선생님."
"저, 숨어 우는 바람소리. 자, 따라 노래하세요."

유턴   ——————— 138

갈대밭이 보이는 언덕 통나무집 창가에/ 길 떠난 소녀같이 하얗게 밤을 새우네/ 김이 나는 차 한 잔을 마주하고 앉으면/ 그 사람 목소린가 숨어 우는 바람소리/ 둘이서 걷던 갈대밭 길에 달은 지고 있는데/ 잊는다 하고 무슨 이유로 눈물이 날까요/ 아~아~길 잃은 사슴처럼 그리움이 돌아오면/ 쓸쓸한 갈대숲에 숨어 우는 바람소리//

둘이 부르는 음율은 밤하늘의 적막을 뚫고 별나라에까지 도착하여 별들도 반갑다고 반짝반짝 눈웃음 짓는다. 둘이는 밤이슬이 내릴 때까지 서로를 이해하며 생활 구석구석까지 창피한 것도 잊어버리고 허심탄회하게 털어놨다. 하긴 그들은 비슷한 환경에 늘 무엇을 잃어버린 양 허전한 삶이었기에 서로 동정하며 시간 가는 줄도 모르고 서로를 채워주고 충만한 행복감에 젖어 있다.

"어! 벌써 시간이 이렇게 됐나?"

우연은 먼저 일어나며 말한다.

"칸 씨 이제 그만 갑시다."

"예, 선생님 잠깐요!"

순간 그들은 입술을 비비며 짜릿한 전율이 온몸을 녹이고 있었다. 둘이서 내품는 숨소리가 파도소리보다도 거칠게 격랑의 물결로 하얀 이랑을 이루며 춤추고 있었다.

펄펄 끓고 있는 용암의 열기 속으로 빠져드는 한낱의 생명체는 흔적도 없이 융해되듯 그들의 뜨거운 젊음의 열기는 나체가 사랑의 미로를 헤매고 있었다. 하늘에서 무수히 쏟아지는 별비 축제 사이로 제주의 푸른 밤하늘에 한 쌍의 나비가 훨훨 날고 있었다.

끈 끊어진 연같이 하늘 끝까지 덩실덩실 춤을 추며 날아가고 있었다. 그러나 심술궂은 신은 인간의 영원한 쾌락을 허락하지 않는다. 한바탕 토네이도가 휘몰아치고서 격랑의 바다는 고요 속으로 빠져들고 달빛은 잔잔한 바다 위에서 피로한 하루를 씻고 있다.

숙소로 향하는 그들을 축복이라도 하는 듯 보름달은 두 그림자를 하나로 만들고 계속 뒤따르며 웨딩마치를 불러주고 있었다. 저녁식사가 끝나자 우연은 인원점검과 방 배치를 끝내고 각자 방으로 헤어졌다.

아침해가 제일 먼저 우연은 방으로 커텐을 열고 들어와 늦잠 자는 달콤한 시간을 뺏어갔다. 아침식사를 마친 일행은 호텔 리무진 버스로 푸른 바다가 반사하는 햇살 사이로 한 마리의 새가 날아가듯 허공을 달리고 있었다. 학생들은 환호성을 지른다.

"오! 멋지다. 제주가 이렇게 좋은 줄은 정말 몰랐네요. 선생님, 저기 저 배 좀 보세요. 무슨 배가 저렇게 작아요?"

바론이 큰소리로 떠들었다.

"아, 저 배는 고기잡이 배가 아니고 '요트'라고 하는 혼자서 즐기는 오락용 배이지요."

버스는 성산일출봉 앞에 일행을 내려놓았다. 이어 김우연 인솔선생을 따라 백록담을 향해 산으로 오르고 있었다. 파란 바다와 파란 하늘, 간간히 흘러가는 흰 구름. 과연 제주는 아름다운 하나의 수채화였다.

정상에 오르니 사방이 바다로 파도가 바위에 부서질 때마다 물보라를 일으키며 사라지는 장면이 너무나 신기해서 스마트폰에 담기에 정신없다. 백록담이라는 이름은 옛날에 하늘에서 내려온 선인 세 명이 이곳에서 '백록(흰 사슴)'으로 담근 술을 마셨다는 전설에서 유래했다.

김우연 선생은 사진작가로서 학생들에게 지도한다.

"사진을 멋있게 찍으려면 구도를 잘 잡아야 해."

일일이 현장실습을 시키고 있었다. 즐거웠던 제주 관광도 끝나고 다시 일상으로 돌아왔다. 한편 다문화센터에서는 제주 사진전을 열고 일반에게도 개방하였다. 우수작으로 베트남 출신 응웬 티 탄이, 가작에 티몽이 뽑혔다. 그들은 각각 상금 50만 원(우수작)과 30만 원(가작)을 수령하였다.

가을학기도 끝날 무렵 다문화센터에서는 또 하나의 행사준비에 바쁘다. '다문화가족을 위한 송년음악회'를 개최하기로 했다. 센터에서 쓰는 비용을 다소라도 찬조받고 또한 대외 PR도 한몫하기 위해서였다.

〈다문화가족을 위한 송년음악회 및 김나은 박사 송별 음악회〉

1. 일시 : 2019. 9. 1 p.m 3~6
1. 시낭송(김미라) 하모니카 연주(주정진 장로) 기타(김우연 연주) 색소폰 연주(송미자)
1. 노래 : 김애경(그리운 금강산)
1. 김나은 박사 송별식 : 다문화센터의 고문이시며 가끔 다문화센터에서 특강도 하신 문학박사이며 대학교수의 아프리카 탄자니아에 한국어 지도와 한국문학도서관 개관 운영 및 한국문학 아프리카 전파에 기대

주최 : 대전다문화교회와 다문화센터
후원 : 대전다문화병원. 대전다문화약국. 새롬한솔신용금고. 대전일보

　점심시간이 지나자 5층 다문화센터에는 한두 사람씩 모이기 시작하더니 벌써 자리가 거의 다 찼다. 귀빈석에는 시장, 국회의원, 각 구청장 자리가 마련되어 있으며 비교적 넓은 공간은 거의 다 찼다.

사회자가 개회식을 선언하고 이어 주정진 장로의 인사말이
이어졌다.

"평소 존경하옵는 보문남 시장님, 여의선 국회의원님, 중구
로 구청장님, 대홍야 의원님 고맙습니다. 그리고 내빈 여러분
께서 바쁘신 중에도 시간을 내 주심에 진심으로 감사의 말씀
드립니다. 자, 우리 다문화가족들 모두 일어나 환영의 박수를
보냅시다. 김나은 박사가 아프리카 탄자니아에 한국정부가 파
견하는 한글학 교수로 선발되었다는 것도 우리 다문화교회의
영광입니다. 우리 다 같이 우리의 영원한 멘토이신 김나은 박
사의 앞날의 축복을 위하여 힘찬 박수를 보냅시다. 김나은 박
사는 아시다시피 우리 교회 초기부터(2014~2018) 자원봉사하
여 야간으로 (7시~9시) 다문화가족을 위한 한글의 특강을 한
달에 두 번씩 계속하여 오고 있다. 오늘의 다문화교회의 위상
을 한 격조 높게 만든 것도 김나은 박사의 뚝심으로 이뤄낸 노
력의 성과라 하겠습니다. 이번에는 태극기를 등에 업고 세계
를 향하여 나아가시는 그 거룩한 봉사정신과 자기희생을 마다
않고 오직 대한민국의 국위선양과 한글의 세계화에 일생을 바
치는 애국정신에 우리 다 같이 고개 숙여 존경과 박수를 보냅
니다."

"우우우—"

"짝짝짝 —"

계속 주정진 장로의 인사말이 이어진다.

"21세기는 다문화주의 다문화국가의 시대입니다. 그간 다
문화센터에서 특강을 해준 문학박사 김나은 교수와 김우연 교
수를 아프리카 탄자니아 다르에스살렘 국립 외교대학 한국어
학과에 파견이 됩니다. 이에 따라 정진그룹 다문화센터 제1호
한국어학과 파견교수가 탄생합니다. 따라서 앞으로 아프리카
54개국 13억 다문화가족에게 한국어지도와 한국문학도서관
개관 운영 및 한국문학과 문화를 전파하는 대한민국 한류(韓
流)에 큰 몫을 하게 될 것입니다. 자 여러분, 지금 우리는 한
지붕 밑에 여러 나라 가족이 함께 살고 있지요. 언어와 문화는
달라도 삶이 추구하는 목표는 똑같습니다. 우리가 산다는 것
은 행복하게 살기 위함이고 또 하는 일은 달라도 이 사회에 유
익한 뭔가를 창조해 내기 위함이겠지요. 여기 계신 모두의 선
생님들께서는 장르는 달라도 목표는 다 똑같은 살기 좋은 사
회 즉 행복한 사회를 만들기 위해 일하고 투자하고 있는 것입
니다. 이 사회가 '너와 나' 가 아닌 '우리' 라는 한가족 한마음

으로 배려할 때 이 세상은 살기 좋은 사회가 되는 것이지요."

"이어서 대전광역시 보문남 시장님께서 축사의 말씀이 있겠습니다."

"사랑하고 존경하는 대전시민 여러분 그리고 다문화가족 여러분! 오늘 다문화가족을 위한 송년음악회 개최를 진심으로 축하드립니다. 아울러 음악회를 개최하기까지 열정을 바치시는 주정진 박사님께 격려의 박수를 보냅니다. 주 박사님은 일찍이 서울대를 나오고 미국 유학으로 생명공학을 전공하여 박사학위를 취득한 한국의 영재 중의 영재로 알려진 이 나라의 큰 인물입니다. 또한 주 박사는 미국의 실리콘 밸리에서 UCLA 학교 동기 외국인 두 친구와 벤처기업을 창업하여 세기의 신약을 개발하여 한국을 빛낸 과학자요 국가에 부를 창조한 유공자입니다. 다문화가족 환자에 무료진료를 실시하고 있으며 또 다문화센터에서는 한글무료교육을 실시하고 있고 일요일엔 예배로서 주민 정서 함양과 삶의 질을 업그레이드하시는 자신을 버린 가히 훌륭한 분이십니다. 앞으로 이 지역사회를 위해서 큰일을 하실 분이십니다. 감사합니다."

사회자가 이어 진행을 한다.

"이제 본행사로 들어가겠습니다. 첫 번째 대전문인협회 회장으로 계신 송일선 회장님의 시낭송이 있겠습니다. 시 제목은 주촌 시인의 「몽돌의 노래 3」입니다."

몽돌의 노래 3

주촌 한진호

그 옛날 바닷가에 지천했던 바위들
밀물이 밀어주고 썰물이 다듬어
억겁의 세월이 흘러 몽돌이 되었다네

달빛 타고 들려오는 월광곡에 리듬 맞춰
밤새도록 코 골며 깊은 잠에 빠졌다
해일이 앞가슴 후려쳐 놀란 가슴 추스린다

석공이 된 파도가 갈고 쪼아 만든 망부석
휘영청 달밤에 임 그리워 노래 부르다

U-turn 4 주정진 세계 노벨의학상 수상

불현듯 울다가 웃다가 까르르 숨 넘어 가네

낭송이 끝나자 우렁찬 박수가 쏟아져 나왔다. 다음은 주정 진 장로의 하모니카 연주가 있다.

"안녕하세요. 곡명은 '어메이징 그레이스'와 '오 대니 보이' 두 곡을 연주하겠습니다."

연주가 끝나자 우레와 같은 박수소리가 터져 나왔다. 이어 앵콜, 앵콜 함성이 터져 나왔다. "앵콜송으로 'you raise me' 로 하겠습니다." 은은히 흘러나오는 그만의 특성을 발휘하는 애잔하고 그리움이 가득한 가락이 듣기에 좋았다.

"어메이징 그레이스는 존 뉴톤의 곡으로 미국의 전통가요로 세계인들이 부르는 애창곡이기도 합니다. 교회에서 주일예배 에 부르는 성가로도 유명한 곡이기도 하지요. 이 곡을 듣노라 면 자기 반성과 하나님께 바치는 영광의 찬송가이기도 합니 다."

"다음은 김우연 선생님의 기타 연주가 있겠습니다. 곡명은

유턴 ——————— 148

이용의 '잊혀진 계절'을 연주하겠습니다."

지금도 기억하고 있어요/ 시월의 마지막 밤을/ 뜻 모를 이야기만 남긴 채/ 우리는 헤어졌지요/ 그날의 쓸쓸했던 표정이/ 그대의 진실인가요/ 한마디 변명도 못하고 잊혀져야 하는 건가요/ 언제나 돌아오는 계절은 나에게 꿈을 주지만/ 이룰 수 없는 꿈은 슬퍼요 나를 울려요//

그리운 연인을 못 잊는 애잔한 사랑의 노래에 듣는 이들로 하여금 눈시울을 적셨다. 이어서 송미자 단장의 색소폰 '추풍령' 연주가 있었다.

구름도 자고가고/ 바람도 쉬어가는/ 추풍령 굽이마다/ 한 많은 사연/ 흘러간 그 세월을/ 뒤돌아보며 주름진/ 그 얼굴에 이슬이 맺혀/ 그 모습 그립구나/ 추풍령 고개//

흘러간 젊은 시절을 잊지 못해 아쉬워하는 안타까운 심정, 곱디고운 그 얼굴은 깊은 주름에 슬픈 흔적만이 그늘져 있다. 듣는 이마다 가슴 저미는 그늘진 인생의 한을 노래하는 서글픈 삶의 모습에 눈가에는 이슬이 촉촉이 젖어있었다. 이어서

U-turn 4 주정진 세계 노벨의학상 수상

소프라노 김애경 가수의 '그리운 금강산'이 불리어진다.

누구의 주제런가 맑고 고운 산/ 그리운 만이천 봉 말은 없어도/ 이제야 자유만민 옷깃 여미며/ 그 이름 다시 부를 우리 금강산/ 수수 만 년 아름다운 산 못 가 본지 몇몇 해/ 오늘에야 찾을 날 왔나 금강산은 부른다//

분단 가족의 애환과 슬픔이 금방이라도 울음으로 터져 나올 것만 같은 분위기에 한동안 침묵이 따랐다. 잠시 후 우레 같은 박수가 터져 나왔다.

한편 얼마 후 정진은 미국 본사로부터 전보 한 장을 받았다.

"제1 프로젝트의 국제학술지(Scientist)에 게재하는 것을 고려중인바 최초의 개발자 3인의 동의가 있어야 한다."

또한 더 크고 중요한 것은 노벨상위원회에서 논문 요청이 왔다는 것이다. 제품개발에 성공하였고 현재 부작용 없이 시판되고 있기 때문에 아주 긍정적이었다. 논문 작성에는 적어도 5주는 걸려야 했다. 원체는 기대가 큰 대어감으로서 정진을 비롯한 3인은 완전 비상체제로 들어갔다. 우선 특 1급 비밀로 사전에 언론에 흘리거나 누설돼서는 절대 안 된다는 것도 알고 있었다.

정진이 되돌아와 연구에 합류한 지 12년째 되던 날 아침조간에는 1면 톱기사로 금년의 노벨의학상 수상자 명단이 나왔다.

"노벨의학상 수상자 명단"

Joo Jung-Jin(Seoul National University) (Korea Seoul)
Jhon Martin(UCLA) (U.S.A)
Anold Gootel(STANFORD) (Germany)

W.S.J 과 N.Y.T 각 매스컴에서는 경쟁적인 보도에 마치 호떡집에 불난 듯이 야단법석이다. 노벨상은 스웨덴 알프레드 노벨(1833~1896)의 유언에 따라 인류의 복지에 공헌한 사람이나 단체에 수여되는 상으로, 6개 부문(문학, 화학, 물리학, 생리학 또 의학, 평화, 경제학)에 대한 수상이 이뤄진다.

한국에서는 제일 먼저 청와대 대통령으로부터 축하의 전화에 이어 신문사, 방송국의 전화에 정신없이 하루가 지나갔다. 가족한테는 정진이 미리 전화를 해놓아 병원에서는 환자 진료는 잠시 휴진상태였고 전화통만 불났다. 특히 한국에서는 2000년도 김대중 대통령 노벨평화상에 이어 두 번째 타는 상인 만큼 매스컴에서는 온종일 호외가 나가고 특별방송이 진행되고 있었다. 국가적인 커다란 경사임에 전 국민이 행복한 하루였다.

특히 요즘 G2 싸움에 새우등 터지는 우리 경제에 설상가상으로 일본까지 한국을 '화이트리스트'에서 제외시켜 경제가 어렵고 국민정서도 침체되어 있든 차에 이 빅뉴스는 국민들에게 희망과 용기를 주었다.

또한 기분이 고조되어 발걸음도 힘차게 거리가 붐비고 있었고 국민들의 평소 어둡던 표정이 보름달만큼이나 환하게 웃음꽃이 피어나고 있었다.

부정적이고 움추렸던 국민정서가 한순간에 가능성과 긍정적으로 변하는 자신감에 찬 모멘트였다.

우리는 할 수 있다. 다시 세계가 놀라는 대한민국으로 거듭나는 역사적인 순간이다.

나가자! 앞으로……

U–turn 5

U-turn 5

G-3 미·일·중, 그리고
아름답고 푸른 도나우강의 선율

아침 햇살이 대청호 푸른 물에 윤슬을 뿌려 반짝반짝 눈웃음을 짓자 하늘도 눈이 시려 같이 웃다가 그만 호수에 풍덩 빠져 시원하게 목욕을 즐기고 있다. 새들도 우스워 재잘재잘 떠들다가 아침 목욕을 즐기는 싱그러운 오월. 초록물이 뚝뚝 떨어질 것만 같은 수정처럼 맑은 아침 호반에는 상큼한 공기에 전망도 확 트인 대전의 가장 좋은 삶의 터전으로 이름나 있는 '샘터 전원주택' 마을이 있다.

이곳에서 주말을 보내고 있는 주정진 박사는 주말이면 대청호의 신선한 아침 공기가 좋아 산책을 하며 가슴속 깊이 공기를 힘껏 들이마시고 긴 하품으로 몸을 풀었다. 앞산에는 가지마다 이제 막 피어난 연둣빛 어린잎들이 엄마의 젖꼭지를 꽉 물고 젖을 빨고 있는 모습이 평화롭고 행복하게 보였다. 정진은 퇴행성척추협착증으로 가벼운 스트레칭으로 허리를 풀고 TV를 켰다.

오늘의 톱뉴스는 세계가 신종 코로나바이러스 감염증(코로나19)으로 하루에 수십만 명씩 감염되고 수천 명이 목숨을 잃어가고 나라마다 약품과 의료진 부족으로 대 혼란을 격고 있다고 한다. 몇 해 전 에볼라바이러스로 인명피해를 입었던 한국은 미생물연구소인 프랑스 파스퇴르 연구소를 송도에 유치하여 신약개발, 생명공학, 에이즈 및 질병 연구에 박차를 가하고 있을 뿐 아니라 국가에서는 각 대학의 연구실에 바이오 연구시설을 정책적으로 지원하고 있다.

주정진 박사는 노벨상 수상자로 미래산업에 대한 국정자문위원으로서 세계의 손꼽히는 미래과학자이기도 하다. 그는 국무회의가 끝난 후 대통령의 특별초청으로 과학에 대한 강론을 펼치기도 한다.

"오늘의 주제는 온실가스에 대하여 같이 연구하여 보시겠습니다. 영국의 물리학자이자 우주과학자 스티븐 호킹 박사의 경고성 유언에 우리는 귀를 기울여야 합니다."

'향후 200년 안에 섭씨 480도의 고온과 황사 비, 그런 날이 오기 전에 지구를 떠나라!' (중앙일보 2018.8.22)

"여기에서 우리는 호킹 박사의 유언이 과연 무엇을 뜻하느냐를 깊이 생각해볼 필요가 있습니다. 아시다시피 원인은 화석연료의 과다 사용으로 인한 탄산가스(CO_2), 메탄, 이산화질소, 오존 등 지구를 따뜻하게 감싸 우리가 살기에 적당한 온도를 유지시켜주는 기체를 뜻합니다. 사실 온실가스는 우리에게 꼭 필요하지요. 그러나 지금은 그 양이 너무 많아서 지구를 뜨겁게 하는 지구온난화의 원인이 되고 있답니다. 이러한 가스들이 마치 비닐하우스 역할을 해 온도를 높이는 온실효과에 기인한다는 것은 이미 다 알려진 상식이지요. 우리가 어쩔 수 없이 성장을 하면서 발생되는 이산화탄소(CO_2)를 줄이고 친환경적 그리고 미래를 생각하는 성장방법인 녹색성장을 통한 저탄소 사회구현을 위해 일상생활에서 온실가스 줄이기를 실천하는 범국민운동 '그린스타트운동' 본부도 태어났지요. 기업 측에서는 화석연료를 줄이고 원자력발전이나 수력발전, 신재생에너지인 태양열을 이용한 에너지나 풍력발전을 이용한 에너지를 사용함으로써 탄소배출량을 줄이는 방향으로 정책을 세워야 하겠지요. 또한 우리 국민들께서는 다음과 같이 생활의 패턴을 바꿔야 합니다."

1. 승용차 사용 줄이고 대중교통 이용하기
2. 나무심기
3. 친환경 제품을 구입하기
4. 쓰레기 줄이고 재활용하기
5. 올바른 운전습관을 유지하기(급가속이나 공회전을 피할 것)
6. 전기제품을 올바르게 사용하여 에너지를 절약해야 합니다(플러그를 뽑으면 1년에 한 달 전기료는 공짜입니다).

또한 범세계적으로 벌이고 있는 지구를 살리고 인류가 동반해서 살 수 있는 ESG(환경, 사회, 지배구조) 캠페인에 적극적으로 참여.

해답은 유-턴(u-turn).

정부는 2050년까지 탄소중립을 선언했지만 지금도 석탄 발전소가 여러 곳에서 발전을 하고 있다. 석탄으로 발전하는 화력발전소는 원자력발전소보다 설치비가 엄청나게 저렴하다. 또 빠른 시일 내에 발전을 할 수 있다. 그러나 장기적으로 볼 때 온실가스의 공해로 결국 지구를 파괴시키고 따라서 인간을 파괴시키는 주범이 되기 때문이다. 주정진 박사는 이렇게 주장했다.

"우리나라는 현재 24개의 원자로를 가동하고 있지요. 또 5개 원자로가 추가 건설 중이며, 신한울 3,4호기와 천지 1,2호기는 앞으로 추가 건설을 준비하고 있었으나 현 정부에서는 포기하기로 하였다고 합니다. 세계는 지금 원전으로 탄소량을 줄이고 있지요. 반면에 우리나라는 전국에 태양광 설치를 하여 각 가정 또는 기업에서 전기를 사용하고 남는 전기는 한국수자원에서 매수하는 정책으로 누구나 참여할 수 있는 미래지향적인 에너지 수급정책이라 개인도 국가도 쌍방으로 돈 버는 사업이라 하겠습니다. 그러나 부작용도 만만치 않지요. 지난 여름 장마에 태양광 설치로 산림이 훼손되어 전국이 홍수로 난리를 치렀지요. 장비 및 기존시설이 망가져 떠내려가고 갈수록 발전 단가가 오르고 있습니다. 또한 중국이 기술을 개발하여 저가공세로 우리 시장을 선점하여 우리의 중소기업이 망하고 있다는 사실을 알아야 합니다. 반면 원자로는 처음 시공에서 완공하기까지 막대한 자본과 기술을 필요로 하지요. 후진국으로 갈수록 값싼 석탄 발전이 많은 이유가 여기에 있지요. 특히 명심해야 할 사항은 우리나라는 세계 최고 수준의 기술과 안전성이 뛰어난 원자로 설치 기술을 보유하고 있다는 사실입니다. 이미 우리나라는 물론 UAE(아랍에미레이트)에 원자로 5기를 순수 우리 기술로 수출해서 현재 안전하게 가동 중인 사실을 상기해야 합니다. 과거 십수 년간 정부에서 6조 원이란 거액을 연구개발에 투자한 결실이었지요. 즉 큰돈을 벌 수 있는 거대한 화수분을 스스로 파기하는 우를 범하고 있는 겁니다. 일본의 후쿠시마 원전 사태에 놀랜 탓이겠지만 우리나라는 지리적으로 일본과는 다르다는 것을 알아야 합니다. 일본은 지진이 자주 일어나고 또 태평양이란 대양을 끼고 있기 때문에 태풍도 많고 해일도 많은 지리적으로 불리한 여건에 위치한 나라입니다. 그럼에도 불구하고 공식적으로 원전 포기를 선언 한 것은 분명히 잘못된 일입니다. 뿐만 아니라 영국에서 원전 설치 입찰에 참여했지만 탈락됐지요. 이유는 뻔

한 거 아닙니까! 자기 나라 원전도 포기하는 나라의 기술을 믿을 수 없었겠지요. 결론은 원전으로 유-턴(U-turn)시켜야 우리 경제가 살 수 있습니다."

이어지는 주 박사의 말.

"오늘의 지구촌은 인구밀도가 과밀한 상태까지 왔습니다. 자연히 식량과 환경이 문제가 되겠지요. 또한 건강과 문화가 조화를 이루는 즉 삶의 질을 향상시키는 데는 문화가 있어야 하구요. 요약해보면 BBIG 즉 '배터리, 바이오, 인터넷, 게임' 분야가 미래의 먹거리가 되겠습니다."

이러한 세계의 흐름을 간파하여 주정진 박사가 설립한 'KMvio'가 괄목할 만한 성장을 하였고 세계의 석박사들이 미래의 세균전에 대비한 연구가 한참 진행 중 코로나바이러스가 돌연 중국 우한지역에서 유행하고 이어서 중국교포의 유입으로 한국에도 번지기 시작하여 전 세계가 코로나바이러스 공포에 시달리고 있다. 각 신문마다 톱뉴스로 코로나로 지면을 꽉 채우고 있었다.

이에 KMvio가 예측하고 빠르게 진단시약을 최초로 개발하여 미국 FDA에서 승인받아 세계에 보급하여 한국의 이미지가 급상승되었으며 또한 치료와 예방에서도 'KM-방역' 일등국이 되어 의료기기와 의술의 수출상담이 활발하게 이뤄지고 있다. 실례로 아랍에미레이트에서는 서울대병원의 자국 내 설립을 요청하여 진료를 시작한 지 여러 해가 되었으며 코로나 진단키트는 네덜란드에서 코로나19가 번지자 처음에는 중국 제품을 사용해보니 확진율이 50~60%의 효율로 극히 저조했다. 반면 한국산은 95.9%의 정확도로 세계에서 인정을 하고 있었기에 날로 수출이 증가하고 있었다.

이로 인한 소문이 나자 한국산 진단키트가 주문이 쇄도하여 키트업체들이 24시간 풀가동하여도 물량을 대지 못해 즐거운 비명(?)속에 근래에 보기 드문 호황이었다. 주식시장은 코로나 관련주를 중심으로 바이오주가 주도 주가 되었고 매일 상한가로 치솟는 현상까지 일어났다.

실제로 세계는 지금 코로나19로 인하여 초유의 비상사태다. 미국에서는 하루에 삼십만 명씩 발생하였으며 인도는 하루에 40만 명, 브라질, 독일, 러시아, 영국 등 전 세계에서 확산일로에 비상사태로 번졌다. 우리나라 또한 코로나가 번지자 국가가 매뉴얼을 정하여 전 국민에 알리고 초등학교부터 대학까지 휴교령을 내렸고 전 국민들 마스크 쓰기와 손 씻기, 사회적 거리 두기로 예방책을 내놓았다. 대중업소는 자발적으로 영업을 중지하게 하여 사실상 휴업이나 다름 없었다.

코로나가 번지기 시작한 지 불과 20개월 만에 감염된 나라가 185개 나라에 1억 명에 이르고 사망자가 기하급수로 번져 현재 통계도 나오지 않고 있다. 더욱 심각한 것은 겨울철 들면서 독감이 동시에 같이 번지면 더 큰 확산속도로 번질 수 있다는 것이다. 또한 사망자수도 기하급수로 불어날 수 있다는 것이다. '1918년에 유행했던 스페인 독감으로 사망자가 5천만 명이 넘었다'고 역사는 기록하고 있다. 이번 코로나도 가을 지나 겨울 되면 더 심각해질 수 있다는 것이 전문가들의 예측이다. 현재로서도 감염 확진 환자가 1억 명 넘었으며 사망자도 수백만 명을 넘어서 처치곤란으로 노상에 버려진 나라도 있다고 한다. 그러나 이 정도로 끝나는 것이 아니다. 겨울이 되면 더 기승을 부릴 것이란 예측도 나오고 있다. 인간이 개발한 항바이러스제와 항생제가 광범위하게 개발돼 인간의 수명연장에 높은 기여를 하고 있는 것도 사실이지만 아직도 그들(바이러스나 세균)을 제압하기엔 많은 시간과 연구가 따라야 할 듯하다.

그들은 또 인간의 공격을 피하기 위해 변형을 잘한다. 최초 중국 우한지역에서 발생한 바이러스는 COVID19-A형이었다. 인간들이 바이러스를 죽이기 위해 항바이러스제를 투여하면 그들도 살기 위해 변형을 한다. 한국을 비롯한 동남아지역에서 유행한 바이러스는 B형, 유럽지역에서는 G형으로 변형되어 다시 델타형으로 번졌다. 이렇듯 어느 날 갑자기 번식하여 인간을 공격하는 것이 바이러스의 생리인 것이다. 학교와 교회가 문을 닫고 대중업소도 휴업으로 대응하고 있었다. 벌써 재작년 9월부터 21년 5월 현재 21개월 됐는 데도 완전 소멸은커녕 갈수록 더 번지고 있다. 실제로 미국이 하루에 삼십만 명의 환자가 발생하여 세계 톱을 좋아하는 미국이지만 이번에는 불명예스러운 톱으로 인간을 괴롭히고 있다. 인도에서는 하루 40만 명이 넘는 환자가 발생하고 이란에서는 인구 팔천오백만에서 1/3인 삼천오백만이 코로나에 감염되어 학교나 대중업소도 문을 닫았다.

설상가상으로 2차 감염되고 또 3차 감염되어 나라마다 백신 찾기에 열공을 들이지만 백신 하나 만들어 내는데 적어도 3~5년 걸려야 만들 수 있다. KMvio에서도 박사급 연구원들이 밤잠을 설치며 연구에 몰두하고 있다. 빠르면 금년 말쯤 KMvio에서도 생산 가능할 것이라 한다. 이미 화이자(pfizer), 모더나, 아스트라제네카(AZ)에서는 임상 3상을 거치지 않은 제품으로 접종을 시작하고 있는 중이다. 그러나 2상만으로는 부작용을 감수해야 한다는 조건이다. 우리나라에서도 부작용을 감수하고 화이자(pfizer) 제품으로 접종을 시작하였다. 또한 아스트라제네카(AZ) 회사 제품에서는 혈전생성으로 사용 중지 상태이다. 실제 아스트라 백신을 맞고 사망한 건수도 여러 건이 발표되고 있다. 매우 불안전한 게임을 하고 있는 것이다. 그러나 확산 일로에 있는 상태이기 때문에 선택의 여지없이 부작용을 감수하면서 접종을 시작하고 있는 것이다. 그나마 백신을 구할 수가 없어 화이자에 통사정을 해도 주문량의 10% 정도만 줄 수 있다고 한다.

이렇듯 세상은 변화무상하게 돌아가고 있다. 한국은 멀리 앞을 내다보고 이미 중화학공업에서 벗어나 자율자동차와 헬쓰케어, 언텍(Untact)산업, 바이오산업, 석유를 대신하는 친환경 태양광, 풍력발전, 전기차, 수소차 분야에 적극 투자하고 미래 먹거리를 찾는 중이다. 따라서 한국의 바이오 기업만 50 개가 넘으며 여기서 수출하는 진단키트와 의료장비만도 엄청난 물량으로 세계시장의 50%를 한국산이 차지하고 있다.

특히 한국의 방역 의약품과 진단키트가 우수하다는 평가를 받으며 다른 전기, 전자, 공산품, 자동차 산업에까지 확산되어 인기리에 수출상담이 여기저기서 이뤄지고 있었다. 그 내면에는 중국 제품에 대한 불신과 한국의 의료시스템이 이번 코로나 사태를 계기로 세계가 인정할 정도로 신속 진단하고 격리 치료에 성공하였다. 이렇듯 한국이 인정을 받자 CNN과 WSJ이 한국의 의료기술과 의약품 품질이 세계에서 일등 가는 상품으로 선전하여 한국은 손도 안 대고 코를 푸는 격이 됐으니 얼마나 행운(?)인가! 거기에 더하여 트럼프 대통령까지 한국의 코로나 대응 정책을 적극 찬양하고 나왔고 또 치료제로 우리나라 삼남제약제품을 트럼프가 처방받아 복용 중이라 한다.

이로 인하여 모든 한국 제품이 인기리에 주문 쇄도하고 심지어는 제품에 한국의 상징인 태극 마크를 홀로그램으로 넣어 달라는 요청이 대부분이라고 한다. 이에 정부가 6·25 한국전쟁 중 우리나라에 군대를 파견한 나라의 참전용사에게는 마스크를 무료로 100장씩 배달하여 한국이 더욱 유명해진 것이다. 실제로 코로나로 세계가 국경을 봉쇄하여 무역절벽 시대인데도 유독 한국만이 개방하여 자유왕래가 이뤄질 뿐 아니라 우리나라를 방문한 외국인까지도 무료 치료해주었으니 얼마나 감격할 일인가! 그 이면에는 한국의 전 분야에 걸쳐 연구와 투자를 과감하게 실행한 결과인 것이다.

'산업의 쌀'이라고 하는 반도체(D램)는 세계 시장에서 품귀현상까지 오고 가격도 천정부지로 치솟고 있다 벌써 수십 년째 한국의 삼성과 SK하이닉스가 세계 D램 시장의 70% 가까이 점유하여 타의 추종을 불허할 정도로 주도권을 잡고 있다. 이렇듯 한국의 제품이 세계 시장에서 인정을 받고 있으며 반도체에 이어 의료기기, 의료기술, 전자, 철강, 자동차 등으로 확산되어 한국을 세계 경제대국 10위권으로 끌어올리게 된 것이다. 또한 코로나 이후 한국사회가 디지털혁명으로 이루어진 정보화 사회는 가일층 업그레이드되고 새로운 질서가 생기고 있는 중이다.

주정진 박사는 이러한 흐름이 자신이 경영하는 KMvio에서도 호재로 작용하여 진단키트 주문이 밀려 일손이 모자랄 정도에 대책을 연구 중이다. 한편 진단키트의 원료인 뉴클레오시드를 직접 생산하기로 하였고 백신도 금년 말쯤 생산을 목표로 개발 중이며 치료제 연구에도 다른 회사보다 한발 앞서 있다. 셀트리온의 치료제가 나오고 녹십자 혈장치료제가 정부의 긴급승인을 받았으며 유럽에서도 사용허가를 획득하여 곧 수출도 시작될 듯하다.

더불어 놀랄만한 사실은 한국이 코로나19 백신 위탁생산(CMO) 생산기지가 된다는 것이다. 그만큼 시설과 기술이 앞서가 있기 때문이다. 2020년 11월 현재 백신 수주량만도 녹십자가 현재 유엔 감염병혁신연합(CEPI)으로부터 5억 도즈(1도즈는 1회 용량)를 수주계약했다고 발표했다. 이밖에 삼성바이오로직스와 SK바이오사이언스에서도 대량수주를 받아서 생산 중이라 한다. 이렇게 방역이 잘되고 또 바이오산업이 발달하니 세계가 부러워할 정도로 K-pop에 이어 의료, 바이오에 이어서 파급효과는 관광분야로까지 확산되고 있다.

한편 정부에서는 국회의원 보궐선거를 앞두고 여야가 지역구 후보 찾기에 막바지에 이르고 있었다. 분위기는 차분한 듯했지만 여당과 야당은 이미 물밑작전으로 선거전이 시작된 거나 다름없었다. 이런 와중에서 여당 측에서(선거일 21.4.7) 지역구 후보로 대전의 태을구로 출마해달라는 요청이 왔다.

주 박사는 고민이 앞섰다. 현 민주당은 정책에 국민의 신뢰를 잃고 있었다. 원전 포기, 아파트값 폭등, 법집행의 공정성을 잃어 이미 국민들은 등을 돌린 상태였다. 특히 LH 직원들의 땅 투기로 전국 부동산값의 상승으로 국민들의 원성이 자자지고 여론조사에서도 문 대통령 지지율이 날로 하락하여 30% 이하로 급락하고 있었기에 여당도, 야당도 마음에 들지 않았다. 결국 고심 끝에 무소속으로 출마하기로 했다.

우선 선거대책을 위해 조직편성부터 해야 했다. 선거사무장부터 공모에 들어갔다. 또한 정치적 선배인 고등학교 동기생 김팔팔 친구의 자문을 받기도 하였다. 그는 3대째 서울지역구 서초갑구에서 당선되어 야당의 대표로 활동하고 있는 유능한 인물이기도 하다. 그 친구로부터 조언과 사무장을 소개받았다. 사무실은 현재 사용 중인 자신의 사무실을 그대로 사용하기로 하고 책상과 컴퓨터 몇 대 더 들여놓았다. 꾸미고 보니 그런대로 손색없는 사무실이 됐다. 후보등록을 마치고 선거운동에 본격적으로 들어갈 시기였으나 코로나로 인해 집회가 금지 되었다.

운동 방법은 신문이나 TV에 출연하여 정견발표와 토론이었
다. 유권자들에게 알려야 할 의무도 있지만 오히려 소모적인
과열과 상대방 비방 같은 게 없어 건전한 운동이었다. 여론은
주정진 후보가 압도적으로 높았다. 지역사회에서 주정진을 모
르는 유권자는 없을 정도로 기반이 튼튼한 인물이었다. 개표
결과는 주정진 후보가 당당히 85%로 전국에서 제일 높은 지
지율로 당선의 영광을 차지하였다.

"주정진 후보, 금배지를 달고 국회에 입성하다."

국회 개원 첫날이다. 식순으로 우선 하반기 국회의장을 뽑
아야 했다. 국회의장의 임기는 전반기 2년, 후반기 2년으로
후반기 의장을 선출하는 것이다. 또한 의장은 무소속이라야
된다. 후보는 3명이 경합 붙었다. 여기에는 지역구에서 최고
높은 85%로 당선된 주정진 의원도 포함되었다. 원내 분위기
는 주정진 의원으로 기울고 있었다.

노벨상 수상에 이어 지역사회에서도 알아주는 봉사사업으

로 전국에서도 알려진 사회사업가이기도 하다. 무엇보다 코로
나 백신을 구하지 못해 나라 전체가 혼돈에 처해있는 데도 현
정부는 이에 제대로 대처를 못하여 환자는 날로 증가하여 벌
써 12만 명을 넘고 있다. 이에 따라 잘 나가던 경제가 침체되
고 개인사업자가 부도에 폐업에 혼란으로 민심이 극도로 악화
되어 있는 상황이었다.

이에 미국 백신전문제약회사 화이자 CEO인 Jhon Martin
박사와 대학 동기이며 연구실에서 같이 연구하여 동시에 노벨
상을 탄 막역한 사이였기에 정치권에서는 지금의 백신 난을
해결할 수 있는 유일한 사람은 주정진뿐이라고 생각하고 있었
다. 여당의 입장에서 국민들의 원성을 다소나마 잠재울 수있
는 유일한 카드를 뽑은 것이다. 이에 여당에서는 주정진 의원
을 국회의장으로 밀기로 결정이 됐고 표결에 붙여 여당의 지
지를 업고 주정진 의원이 국회의장이 되었다.

한편 정부 여당에서는 코로나 난국을 수습할 수 있는 인물
을 찾던 중에 주정진 국회의장이 자발적으로 나서 코로나 백
신을 해결해보겠노라고 대통령과 환담을 나눈 뒤에 보건복지
부의 코로나 자문역을 맡게 되었다.

정부에서는 대국민 홍보기간을 정하여 코로나에 대한 인식과 대응방법에 대한 매뉴얼을 정해 각 기관, 학교, 개인사업장에 게시토록 하고 예방에 만전을 기하도록 하였다.

그러면 코로나가 도대체 왜 생길까? 인류도 바이러스와 같은 지구생물 종으로 같은 지구 생태인데 자연계에 일어난 생물 종 간의 전쟁인 셈이다. 지구상의 자연은 각기 일정한 생존법칙에 따라 힘의 균형을 유지하며 살아가고 있다. 인류가 파악하고 있는 지구상 생물의 종류는 대략 150만 종이고 아직도 파악되지 않은 생물 종이 1,000만~2,000만 종으로 추정하고 있다. 즉 생물 다양성이 인간을 감염병에서 보호한다. 인간이 생태계를 파괴하지 않아야 바이러스가 야생에 갇혀있게 된다. 문명의 발달로 산업폐기물, 기타 환경호르몬의 방출로 인해 생태계가 파괴된 것이 원인이다.

이번 코로나는 중국 우한에서 최초에 생겼다고 해서 중국폐렴(우한폐렴)이라고도 한다. 전염력이 매우 높아 삽시간에 전 세계로 퍼졌다. 코로나가 한번 번지면 마치 태풍이 휩쓸고 간 후유증 같아 지나간 지역을 폐쇄조치해서 병원, 학교, 마트, 식당 등을 완전 차단하는 조치를 취함으로써 2차 감염을 사전에 차단하는 방법으로 가고 있었다.

세계의 표정은 참담했다. 1억 명 이상이 감염되고 천만 명 이상의 목숨을 앗아갈 상태에 이르렀다. 지금도 확산일로에 불안과 공포에 떨며 금년 겨울에는 더욱 기승을 부린다는 예보도 나와 있다. 무엇보다도 서로의 접촉을 피하기 위해 각국이 공항과 항만을 폐쇄하니 경제가 마비되고 있는 상황이다. 특히 경제대국인 미국이 타국민의 입국을 불허하고 뒤따라서 중국, 영국, 프랑스, 일본 등 대부분 나라들이 그에 동참하고 있다.

국내에서도 학교와 학원 등 인구 밀집 장소는 폐쇄하고 있다. 문제는 심각했다. 벌써 2019년 12월부터 시작이니 1년 반이 넘도록 경제의 흐름이 막혀 돈이 안 돌고 회사나 개인이 파산 지경에 이른 것이다. 벌써 개인사업자 중 경제 고통으로 수백 명 이상이 '극한상항을 선택했다'는 보도가 나오기도 하였다. 모든 공공기관이 폐쇄되고 학교, 학원, 극장 등이 휴교에 들어갔다. 5명 이상의 모임은 당국의 허가를 받아 지도 감시 하에 모임을 할 수 있도록 법 개정도 마쳤다. 환자가 발생하면 높은 의료기술과 경비까지도 전부 국가에서 제공하여 무료로 치료해주는 것이다. 이리하여 대한민국이 다시 한번 세계 코로나 퇴치 모범국가가 되는 순간이기도 하였다. 사람뿐만 아니라 국가 간의 교류도 막혀 무역이 감소됨에 따라 식량에서부터 생활필수품까지 값이 천정부지로 오르고 있다. 전세계가 코로나19로 초비상 사태에 들어갔고 치료와 예방에 혼비백산되었다.

다행히 화이자(미)와 모더나(미), 아스트라제네카(영국), 얀센, 노바벡스에서 백신 생산에 성공하여 미국을 비롯하여 우리나라도 수입하여 접종이 시작됐다. 하지만 세계 인구 70억이 접종하려면 어림없는 생산량에 각 나라마다 백신 확보에 비상이 걸렸다. 심지어는 백신 생산국인 미국이 백신을 전략무기화하여 공급을 통제하고 있어 문제가 됐고 세계가 공급 부족으로 아우성이다. 우리나라도 예외는 아니다.

'세계가 단합해야 코로나를 퇴치할 수 있다.'

세계 질서가 바뀐 지금 코로나에서 각자도생은 위험하다. 세계가 단합해야 코로나와 전쟁도 이길 수 있다. 세계 2차 대전 당시 연합국이 승리할 수 있었던 것은 미국 영국을 중심으로

한 연합국의 단합된 전투력의 회복에 기인한 것이었다. 역사를 되돌아보면 중세의 흑사병을 비롯하여 천연두, 폐결핵 등은 백신으로 거의 해결되었다.

현재 미국 화이자에서 개발한 백신을 다음 주부터 접종할 계획이라 한다. 지금부터 접종을 시작해도 실제적인 효과는 1년 이후에나 모든 사람이 자유롭게 행동할 수 있을 것이라 한다. 하지만 경제적 여유가 없는 국가나 개인은 여타의 사유로 접종이 늦어질 수도 있을 것이다.

우리나라도 KMvio에서 개발한 항체치료신약을 연내에 투약을 목표로 식약청에서 검토 중이고 또한 백신도 곧 임상이 끝날 예정이며 가급적 빠른 시일 내로 접종을 시작할 계획이라 한다.

〈코로나에 대한 국민행동 지침〉

1. 마스크 쓰기 운동
2. 손을 흐르는 물에 비눗물로 30초 이상 씻기
3. 기침할 때는 소맷자락으로 가리고 하기

4. 서로 간의 거리는 2.5m 떨어지기

5. 열나거나 기침이나 인후통 있으면 검사받기

6. 손으로 입, 코, 눈 만지지 않기

'여섯 가지만 잘 지켜도 감염을 90% 이상 예방이 가능하다!'

그리고 환자 한 사람 발생하면 GPS 위치를 추적하여 인적 사항을 알아내어 바로 조치해 확산을 미리 막았다. 또한 외국에서 입국하는 사람들은 무조건 집에 2주간을 격리수용 관찰시켰다. 이렇듯 과학적인 추적으로 환자를 신속히 찾아내어 조치하는 것이다. 이것이 한국식 코로나퇴치법이다.

오늘은 정진의 큰아들 주현석이 집 떠난 지 6년 만에 미국 유학을 마치고 고국 땅을 밟는 날이다. 온 집안이 기쁨과 설레임에 들떠있었고 저녁식사는 회식으로 병원, 약국, 교회의 식구들 모두가 참석하는 일로 분위기가 수런수런하였다. 현석 군의 어머니 다문화병원 이보령 원장은 아들 만나는 기쁨에 일이 손에 잡히지 않고 아침부터 안절부절 왔다 갔다 하기에 바쁘다.

그도 그럴 것이 아들 현석이가 여자 친구와 같이 온다는 바람에 더욱 더 초조하고 일이 손에 잡히지 않았다. 6년이란 긴 세월을 보고 싶고 그리워했던 아들이 아닌가! 어려서부터 남달리 엄마를 사랑했고 학교 성적도 항시 수석으로 부모의 사랑이 극진했던 아들이 아닌가.

아들 현석은 대전고를 졸업하고 아버지 모교인 서울대 약대를 우수한 성적으로 졸업하고 미국 유학길에 올랐던 것이다. 미국에서도 아버지의 모교인 UCLA 대학에서 생명공학을 전공하고 약학박사학위까지 딴 장래가 촉망되는 한국의 인재였다.

'인천공항에서 부자간의 해후'

'LA발 KAL 3025 3시 40분 도착'

전광판에는 자막이 유난히 반짝거렸다. 시간은 아직 15분을 더 기다려야 했다. 주 박사는 의외로 마음이 차분히 가라앉은 상태로 신문을 펴들었다. 순간 "아버지" 부르는 아들의 목소리, "현석아" 하고 부르는 아버지의 목소리가 대합실 천장에서 메아리쳤다. 기쁨의 순간을 힘껏 포옹함으로써 가슴에 묻었던 정한을 풀었다. 순간 미모의 서양 아가씨가 현석 옆에서 정중히 인사를 하고 있었기에 아버지는 금방 알아차리고 인사를 했다.

"어서 와요, 반갑습니다. 이름이?"
"안녕하세요. 말씀 많이 들었습니다. '미스 스미스 바이든'라고 합니다."
"와우! 스미스 양, 한국말 참 잘하시네요. 하하 하여튼 반가워요. 아버지 대통령께서도 안녕하시구요? 현석이 한테서 자세한 얘기 들었습니다."

정진은 아들의 애인 스미스 양에 대해서 그녀의 아버지가 미국 대통령 '존 바이든'이란 사실도 이미 알고 있었다. 세계적으로 확산일로에 있는 코로나 문제로 미국 뉴욕에서 G20 선진국 보건복지부 장관 회의가 있었다. 이때 정진은 의료분야 고문으로서 보건복지부 장관과 함께 동행하여 바이든 대통령이 개막연설차 참석하여 잠깐 만나서 서로는 이미 알고 있는 사이였다. 또한 둘 사이는 아들과 스미스 양이 부부가 된다면 서로가 사돈뻘 되는 사이가 아닌가! 정진은 기분이 우쭐하니 마치 자기가 미국 대통령이라도 된 듯 어깨가 으쓱해졌다. 또한 아들 현석의 미래도 긍정적으로 생각하니 마냥 즐겁고 기분은 지나가는 사람 아무나 붙잡고 소리를 지르고 싶었다.

"나는 미국 대통령하고 사돈을 맺었습니다."

설레든 분위기도 잠시, 기대했던 저녁 만찬은 수포로 돌아갔다. 한동안 잠잠하던 코로나19 확진자가 하루 600여 명에서 1,000명으로 불어나자 정부는 거리두기를 한 단계 높이고 모든 개인과 사업장 통제에 들어갔다. 모든 사람은 마스크를 사용하고 식당, 노래방, 헬스장, 극장은 향후 2주간은 영업 중지할 것과 5인 이상의 집회를 금지하고 개인 간의 거리를 2.5m 떨어지도록 조치를 하였다. 따라서 현석 군의 축하 회식은 물 건너가게 되었다. 현석 군과 이보령 원장의 준비가 수포로 돌아가자 여간 서운한 게 아니었다. 하지만 아버지가 국회의장으로서 누구보다도 솔선수범을 보여야 했다. 한편 세계정세는 코로나 퇴치로 올인하고 있었다. 각 나라마다 입국을 거부했고 검역이 심각할 정도의 기세로 바이러스가 창궐하고 있었다. 하지만 우리나라는 외국인 입국을 허락하고 그 대신 공항에서 검역을 철저히 하고 증상이 유사한 외국인 환자는 2주간

별도의 장소에서 격리 관리를 하였다. 확산을 근원적으로 막자는 것이다.

이러한 예방조치가 잘되어 백신 부족으로 받는 고통을 다소나마 줄여 가고 있었다. 하지만 국민들은 백신 부족에 불만이 많았다. 미국 국민들은 이미 1차 접종이 끝나고 2차 접종에 들어갔고 이스라엘도 1차 접종이 끝나자 코로나 펜데믹에서 벗어나 시장경제가 호전되고 있다는 것이다. 이토록 미국을 비롯한 선진국에서는 백신 접종이 빠르게 실시되어 코로나 공포에서 벗어나 백화점마다 호황이라 한다. 정진은 국회의장이자 보건 분야 고문으로서 체면이 말이 아니었다. 다시 미국에 화이자를 방문해서 다짐을 받기로 하고 계획을 짜야 했다.

'태평양을 건너온 토네이도(tornado)'

새해 벽두부터 대설주의보가 발효되어 길거리는 하늘하늘 눈이 내리고 있었다. 보문산록에 자리 잡은 아파트에서 창 너머 내다보이는 시가지 건물 위에는 어느새 눈이 제법 쌓였고 자동차 거리는 차가 움직일 수 없을 정도로 수북이 쌓여 도로는 그대로 주차장이 되고 말았다. 눈 때문에 다문화병원과 약국에는 환자도 별로 엾고 눈발 속에 하루가 저물어가고 있었다. 지천명의 나이에도 마음은 아직도 어려서 초등학교 시절 학교운동장에서 눈사람 만들고 눈싸움하던 옛 추억에 잠시 묻혀본다.

순간 떠오르는 얼굴이 생각나 폰을 드는 순간 의외의 문자가 튀어나왔다. 정진에게는 늘 마음 한구석에 그림자로 따라다니는 이성이 있었다. 미국 유학시절 연구실에서 같이 근무한 '헬렌' 박사였다. 대학원 후배이자 같은 연구분야로 같은 연구실에서 근무하면서 나에게 많은 도움을 준 여성 친구였다. 무척 기뻤지만 마음 한편에는 은근히 걱정의 그림자도 있었다.

그러나 부딪치고 보자는 강심보가 되어 그녀가 묵고 있는 조선호텔 105호실로 찾아갔다. 미국에서 그들은 주말에 바람 쐬러 드라이브도 하고 저녁식사를 같이하면서 하루의 피로를 풀기도 했다. 그러던 어느 주말 저녁식사하면서 하루의 스트레스를 풀고자 와인 한 잔 걸치니 기분이 그렇게 좋을 수가 없었다. 내친김에 몇 잔 더 마셨다. 술이란 취할수록 기분이 좋아지면서 본능이 작용하는 괴물인 것인가? 가슴에서 배 쪽으로 뻗치는 빈 기운이 있었다. 몸속에 내장들이 깡그리 비어버리고 휑뎅그렁 몸뚱어리 속을 바람이 불고 지난다. 양말을 신지 않은, 맵시 있게 살이 붙은 두 다리는, 문득 본능적인 생생한 감성을 자극했다. 정진은 가슴이 꽉 막혔다. 보고 있으면 볼수록 그 뽀오얀 살빛은 나서 처음 보는 듯이 새로웠다. 곤색 스커트, 무릎에서부터 내민 다리는, 뚝 끊어져서 놓인 '토르소'였다. 이 매끄러운 닿음새, 따뜻함, 사랑스러운 퉁김, 이 살아 있는 두 개의 기둥. '몸의 길은 몸이 안다.' 정진의 숨결은 거칠어지면서 그를 껴안았다. 그의 품속에서 그녀는 슬며시 눈을 감았다. 도톰한 입술을 깨물어 열고 부드러운 혀를 씹었다.

그는 한 팔로 그녀를 받쳐 안고, 풍만한 가슴과 허벅지를 더듬어 수풀 속 이끼처럼 촉촉한 사타구니에 손가락을 파묻었다. 그 순간 여자의 입에서는 신음소리가 새어나왔다. 둘은 숨이 몹시 가쁘게 그들만의 포즈로 무아의 경지에 들어가고 있었다. 잔잔한 호수에 유유히 흘러가는 돛단배, 갑자기 격랑에 요동치며 몹시 흔들리고 있었다. 멀리서 은은히 들려오는 성당의 종소리에 세상은 고요와 적막 속에 묻히고 있었다. 이 절정의 순간에 고요를 깨는 황홀경의 야릇한 괴성이 둘만의 영원 속으로 빠져 들어가고 있었다.

그 후 평소와 같이 직장에서 헬렌과의 사이는 평범한 사이로 지냈고 그녀도 별다른 반응이 없이 지내고 있었다. 그런 그녀가 예고도 없이 불쑥 나타나 당황하지 않을 수가 없었다. 날씨도 너무 춥고 마땅찮아 눈 내리는 덕수궁 돌담길을 걸으며 지난 연구실에서 일어났던 추억 어린 이야기를 하면서 특히 헬렌에게는 일생일대에 가장 위험한 순간이기도 했던 실험 도중에 일어났던 화재 사건이 화젯거리가 되었다. 샘플을 플라스크에 넣고 에테르로 추출하는 과정에서 부주의로 에텔이 밖으로 튀어나와 화재가 발생하여 그녀의 가운에 불이 옮겨 붙어 사람이 불기둥 속에 갇히고 그 순간 뛰어든 것이 옆 실험대에 있던 정진이었다.

순식간에 불 붙은 가운을 베껴 제치는 바람에 브라우스가 벗겨지고 그녀의 상체는 브래지어만 걸친 채 알몸이 그대로 노출되었고 순간 정진의 가슴팍에 파묻히게 되었다. 숨 막히는 순간의 질주였다. 다행히 몸에는 상흔이 없었지만 눈 깜짝할 사이에 일어난 사건이라 당황하지 않을 수 없었다. 정말 사람이 다치지 않았다는 게 기적 같은 일이었다. 하지만 그 광경을 실험실에서 모두가 보고 있었다. 그는 얼마나 창피했겠나, 생각만 해도 아찔한 순간이었다. 그 후로 그녀는 생명의 은인이라며 정진을 대할 때마다 고맙다며 말한다.

"정진 씨가 살려낸 몸이니 정진 씨를 위해 목숨 바쳐 지키겠
어요."

설상가상으로 더욱 놀란 것은 사진 한 장을 내놓으면서 말
한다.

"이 아이가 정진 씨 피붙이입니다. 이름은 존슨, 아빠 성을
따서 joo orient jhonson(주 오리엔트 존슨)이랍니다."

보아하니 5~6세의 남아였다. 순간 심장이 덜컥 떨어지는
것 같았다. 아! 주여! 어찌 하오리까! 언젠가 그는 농담 한마
디 '나는 결혼하면 정진 씨 닮은 애기를 낳을거야' 넌지시 한마
디 던지던 농담이 진담되는 순간이자 정신이 아찔했다. 이 일
을 어찌한담? 스스로 자책해보지만 사건은 확대재생산되어
정진의 가슴을 조여오고 있었다. 한편으론 존슨이 보고 싶어
지기도 했다.

더욱이 그녀는 한 달간 휴가를 내었고 정진과 함께 여행을

하기로 작정하고 한국에 왔다고 했다. 한편 그녀의 욕정은 가슴으로 고동치고 있었다. 이미 그녀의 탐욕스런 입술이 정진의 입술을 덮치고 있었다. 점차 그녀는 머리에서 발끝까지 온몸으로 나를 짓눌렀다. 그녀의 음부에서는 뜨거운 애액이 흥건하게 흐르고 거칠은 신음소리는 밤의 고요 속으로 흩어지고 있었다.

"아! 그렇게도 그립고도 보고 싶었던 이 마음을 당신은 모르셨나요!"

열정이 최고조에 오르자 그녀는 굶주린 늑대가 포효하듯 야성의 괴성을 내뿜으며 고속도로를 달리고 있었다. 휴게소도 없이 계속 페달을 밟고 있는 그녀의 질주는 보통 남자로서는 감당하기 힘들었다. 한바탕 소나기가 퍼붓더니 쉴 틈도 없이 금방 또 더욱 강력한 폭우가 쏟아지는 게 아닌가! 장장 세 차례의 폭우가 지난 후에야 반짝 햇빛이 비쳤다. 거센 풍랑은 고요 속에 잠들어 무한의 깊은 늪 속으로 빨려 들어가고 있었다.

잠시 후 정진은 옷매무새를 가다듬고 그녀에게 3일 후 다시오기로 하고 방을 나왔다. 5월의 밤공기는 달아오른 열기를 식혀주고 심호흡을 하니 맛있는 꿀물과도 같이 달콤하였다.

　서울역에 오니 마침 마지막 대전행 KTX를 탈 수 있어 감사했다. 새벽 1시 돼서야 집에 도착한 정진은 이런 사정을 아내인 이보령한테 이야기를 할 수도 없어 샤워하고 그냥 잠자리에 들었다. 그러나 여자의 발달된 후각에 눈치가 빨라 와이셔츠에서 여자 냄새를 맡을 수 있었을까! 토라져 누운 아내를 어떻게 변명으로 설득시켜야 할지 난감하기만 한데 용기를 내 정면 돌파로 이실직고하기로 했다. 언젠가는 한 번 터질 일 끝까지 숨길 수는 없었다.

　'매도 먼저 맞는 게 낫다'는 속담같이 모든 걸 다 털어놨다. 그리고 내겐 오직 당신만이 소중하니 오해 풀라고 밤새도록 설득하다 못해 꼬박 날을 새우고 말았다. '여자가 한을 품으면 오뉴월에도 서리가 내린다'는 말을 상기하면서 모든 구박과 신경질을 기꺼이 받아드릴 수밖에 없었다. 그저 '고양이 앞에 쥐'가 되어 있었으니 사내대장부로서 체면이 말이 아니었다.

　어느덧 그 매섭던 겨울 추위도 가고 대청호반 '샘터 전원마을' 뜰에는 홍매화가 피고 대청호 수면 위로 물안개가 자욱히

낀 사이로 아침 햇살이 강물을 녹이며 봄이 성큼 다가왔다. 수변엔 버들강아지가 뽀얗게 분단장하고 봄맞이를 하고 강 건너 마을 거위 가족도 날갯짓을 펴고 봄맞이에 강을 거슬러 올라가며 자맥질하기 바쁘다.

오늘은 일본 유학간 둘째 현숙이가 돌아오는 날. 온 가족이 모여 환영식을 해야 했지만 코로나로 생략하고 우선 전화로 서로 소통하고 집에서 2주간 격리하여 코로나19 감염 여부를 확인하는 절차가 끝나야 서로 만날 수 있다. 그날 저녁은 엄마가 직접 요리를 해서 평소 현숙이가 좋아하는 춘천 닭갈비를 준비했다. 일본 객지에서 자취하면서 공부하느라 항시 시간에 쫓겨 밥도 제대로 먹고 다니는 날이 드물었다. 현숙이가 게이오대학 연극영화과를 졸업하고 곧바로 대학원에 진학하여 박사과정 졸업논문을 제출하고 머리를 식히고 장래문제로 부모님과 상의차 집에 왔던 것이다.

부모님은 모교나 아니면 다른 사립대학 자리를 알아보는 게 좋지 않겠느냐며 딸의 박사학위 취득을 축하해주었다. 현숙은 엄마가 아직 확정도 안 된 학위를 취득한 것같이 자랑할까봐 제동을 걸고 다짐을 받았다.

"엄마 어디 가서 누가 묻거든 내가 아직 공부하는 중이라고 해야 돼요."

"그래 알았어."

눈코 뜰 새 없이 바빴던 일과에 어느새 봄도 지나가면서 코로나19는 기대와는 달리 지난겨울 하루 500여 명에서 1,000명대로 늘어나 긴박한 상황이 됐다. 정진은 보건복지부 고문으로서 그냥 구경만 하고 있을 수 없는 입장이다. 정국도 바쁘지만 정진도 개인적인 사업관계로 정신없이 바쁘게 돌아가고 있었다. 우선 다급한 것은 코로나 백신 수입이 늦어지면서 국민들이 불안해하고 있었다. 화이자, 모더나, 아스트라제네카와 계약은 했지만 수요는 많고 공급이 달려서 금년 하반기나 가야 구입이 될 것 같아 정책책임자로서 국민들께 면목없게 돼서 우울한 나날이 계속되고 있었다.

청와대에서는 매일 백신공급 스케줄을 내놓라고 보건복지부를 달달 볶고 있으니 고문으로서 가만히 있을 수만 없어 정진은 비서관 한 사람만 데리고 미국으로 직접 날아갔다. 미국 FDA에 근무하는 잘 아는 한국인 송기동 박사에게도 연락을 하여 만나기로 사전 약속하고 출발했다. 송 박사는 UCLA 대학 동기이며 연구실에서 같이 근무한 가까운 사이고 그는 화이자 CEO Jhon Martin 박사와도 가까운 친구 사이였다. 저녁 만찬에 초대되어 온 Jhon Martin박사는 주정진 박사를 보자 반갑게 인사를 한다.

"야! 친구야 반갑다."
"그으래? 잘 있었지?"

반갑게 맞아주었다. 둘 사이는 또 다른 독일인 Anold Gootel과 함께 창업한 벤처기업 U.K Medicine Theraphy의 창업동지로 주정진과는 죽마고우와 같은 친구 사이가 아닌가! 그런 연유로 Martin 회장은 이번 코로나 사태에 한국에 대해 특별히 관심을 많이 가지고 있었다. 작년 코로나19가 처음 번질 때 한국이 모범을 보였다며 자신도 친구의 나라가 자랑스러웠다고 정진을 띄워주었다. 주 박사가 한국 인구가 현재 5,200만 명이라서 5천만 병을 주문해야 될 형편이라고 하자 Jhon Martin은 말한다.

"그 반 정도면 미국 다음으로 최우선으로 공급하겠다."

약속을 받아냈지만 시기가 문제였다. 다시 공급시기를 2분기로 다짐받아놓고 더불어 백신 생산도 한국에서 하기로 약속했다. 백신 확보는 끝났지만 조건부 계약에 마음 한구석이 찜찜했다. 임상 3상이 끝나지 않아 접종 후 부작용으로 사망할 수도 있다는 것이다. 그러나 대국적인 견지에서 극소수의 부작용은 세계가 다 인정하고 들어가는 추세라 주정진 고문도 선택의 여지가 없었다. Time지 보도에 의하면 "영국에서는 아스트라제네카 백신을 이미 접종을 시작하였다." 는 뉴스가 나왔다. 주 고문은 내친김에 귀국 대신 대서양을 건너 영국 히드로 공항에 도착했다. 회사로 직행하여 CEO를 찾아 담판을 지었다.

"당신네 백신을 차질 없이 우리나라에서 최신 공법으로 생산해 줄 테니 우리에 백신을 우선적으로 공급해달라!"

제의를 하자 기꺼이 수용하였다. 아스트라 입장에서는 대환영일 수밖에 없었다. 꿩 먹고 알 먹는 입장이니 생각할 것도 없이 바로 계약이 성립되었던 것이다. 사실 세계적으로 백신을 생산할 수 있는 나라는 몇 안 되었다. 그만큼 우리나라 기술을 자타가 인정한 셈이다. 화이자 백신 계약 소식이 우리가 한국에 도착도 하기 전에 한국 신문에서는 톱뉴스로 터져 나와 전 국민이 환호성을 질렀다.

 보건복지부 주정진 고문은 귀국하자마자 한반도 대통령에게 모든 사항을 보고하였다. 대통령은 국정수행에 제일 다급한 사항을 무사히 해결하고 돌아온 주 고문이 너무나 고맙다는 찬사를 보내고 위로해주었다. 대통령은 모처럼만에 기분이 좋아 국무회의를 소집하고 코로나 백신 주무장관인 보건복지부 장관으로 하여금 이번 백신 계약 상황을 발표하도록 하였다. 또한 기자회견을 하고 국민들을 안심시켰다. 술렁이던 국민들도 다소 진정되는 모습을 보여 코가 석 자까지 빠졌던 범여권에서는 기가 살아나는 기분이었다. 따라서 주정진 고문은 내각의 모든 장관으로부터 칭찬받기에 바빴다. 집에 돌아온 정진은 이 모두가 '예수 그리스도'의 도움으로 이뤄졌음에 감사드리고 다시 일상으로 돌아왔다.

 한편 밤늦게 돌아온 정진은 샤워로 몸을 풀고 내일 신문에 빅뉴스를 기대하면서 잠이 들었다. 아침 산책을 하고 돌아와 조간신문을 편 정진은 깜짝 놀랐다. 자기 이름 석 자가 대형사고의 주범으로 전면을 메우고 있는 것이 아닌가. TV 방송도

유턴 ——————— 192

요란하게 화면을 가득 채우고 있었다. 거기엔 '주정진'이란 이름 석 자가 대문자로 올라 기사에 꽂혀 있었다. 주정진이 회장으로 있는 새롬한솔신용금고에서 대형 금융사고가 터진 것이다. 대표이사로 있는 처남이 회삿돈 100억을 횡령하고 중국으로 야반도주한 사건이었다. 하늘이 무너지는 듯 앞이 캄캄했다. 우선 경찰 범죄수사대에 신고를 하고 또 인터폴(국제형사경찰기구)에 수사를 의뢰했다.

신문마다 대서특필로 연일 기사가 나갔다. 긴급 이사회가 열렸고 해결방법을 제시했다. CEO인 주정진 회장이 반을 부담하고 나머지는 대주주를 중심으로 모금하기로 하였다. 소액주주들이 더 적극적이었고 그동안 정진그룹에서 많은 혜택을 본 일반회원들도 자진해서 기십만 원부터 얼마간의 성금을 기탁해주어 금액은 한 달도 되기 전에 100억 원이 모아졌다. 이렇게 하여 새롬한솔신용금고는 정상적으로 운영이 되어 조금도 흔들림 없이 정상으로 돌아갔다. 회장인 주정진도 잠시 야당의 공격을 받다가 풀려났으며 모두가 다시 정상으로 돌아왔다.

한편 중국 칭화대학으로 유학 갔던 막내 현경이가 박사 논문을 끝내고, 그립고 보고 싶었던 부모님을 찾아 인천공항에 도착하니 현석 오빠와 현숙 언니가 마중 나와 기쁨을 감추지 못하고 껑충껑충 뛰면서 얼싸안고 눈물을 글썽거렸다. 오빠의 승용차로 고향집 대전에 도착하니 부모님과 형제자매가 다 모여 집안은 모처럼만에 시끌벅적하니 사람 사는 분위기였다. 부모님 슬하를 떠나 이국 만 리에서 그립고 보고 싶었던 부모 형제를 만난 현경이는 와락 눈물부터 주르르 흘리며 엄마 품에 안겨 엉엉 소리 내어 한참을 울었다.

그제야 정신이 났는지 아빠, 오빠, 언니를 부르며 눈물을 거두었다. 실로 대학 졸업식 때 보고 석사 박사과정 5년 동안을 객지에서 외롭고 힘든 시간을 박사학위 논문준비로 밤을 새우다시피 도서관에서 살아야 했다. 시간을 내어 고향집 방문을 계획했지만 코로나19로 출국 금지로 공항을 빠져나갈 수가 없었다. 그동안 쌓였던 서러움이 입안에 아이스크림 녹듯이 녹아버리고 마냥 즐겁고 행복한 순간이었다.

저녁 밥상을 물린 후 정진은 집안 가장으로서 오랜만에 따뜻한 사랑을 베풀고 또 자녀들의 진로를 상의해야 할 것 같아 후식을 먹으면서 자연스럽게 서두를 꺼냈다.

"사랑하는 현석아, 현숙, 현경아. 그동안 학업에 고생이 많았구나. 낯설은 외국에 가서 공부한다는 게 나도 겪어 봤지만 정말 너무 힘든 거야. 현석이는 약학박사로 우리 회사인 KMbio에서 연구부에서 일하기로 하고, 현숙이는 영화학과 박사로서 모교인 게이오대학에서, 현경이는 공학박사 학위 취득하여 모교인 서울대에서 AI공학과에 사회 첫 출발하게 됐으니 축하한다. 직장이란 내 인생에 가장 소중한 동반자야. 어려운 시기에 직장 구하느라고 애들 많이 썼구나. 반갑고 모두 축하한다. 이제는 각자 자기 전공분야에서 유능한 학자가 되도록 최선을 다해야 할 것이다. 그리고 국가와 사회를 위해 헌신하기를 바란다. 또한 지도자로서 모범을 보여야 한다. 제자를 사랑으로 대하고, 이웃들과 갈등 일으키지 말고 인내와 덕을 베풀고 검소하며 자신을 낮추는 겸양지덕으로 처세를 한다면 세상은 내 편에 서서 나를 응원할 것이다. 세상은 공짜가 없으며 노력한 만큼 성과가 따라오는 것이여. 특히 한평생 잊지 말고 생활화 해야 할 것은 예수 그리스도를 믿고 실천하는 기독교인으로 살아야 한다."

정진은 말을 이어갔다.

"특히 오늘 모임의 주제는 인생에서 가장 소중한 대사 중의 대사인 결혼문제를 상의하고자 한다. 대충 너희 엄마한테 들었다만 '삶'의 기본은 역시 '가정'을 가꾸는 것이야. 따라서 배우자는 내 인생에서 가장 소중한 나의 동반자이지. 이제 각자 사귀고 있는 배우자감을 소개해주기 바란다. 현석이는 앞서 소개했듯이 존 스미스 바이든 양이고 현숙이부터 얘기해 봐라."

둘째 딸 현숙이 말한다.

"네, 아빠. 같은 과 클래스메이트이구 그의 아버지는 현 일본 총리 스가 요시히로의 아들 게이조이어요. 키가 아버지를 닮아 짜리몽땅!(ㅎㅎ)이고 인물은 추물이지만 마음씨 하나는 끝내줘요."

정진은 시선을 막내 현경한테 돌리며 물었다.

"그럼 현경이는?"

막내 현경이 대답한다.

"남자가 있지만 인물이 추물이라 할까 말까 생각 중예요."

엄마 이보령 원장이 묻는다.

"그래 말해봐?"

"음~, 현 중국 국가 주석인 시진핑의 아들 시무휴 군이구요. 머리가 비상해요. IQ가 150이래요! 우리 반에서 항상 1등했지요."

정진은 흡족한 마음으로 만면에 미소를 지으며 말한다.

"이렇게 각자 배우자는 선정되었으니 잘됐구나! 그럼 금년 가을쯤 결혼식을 올릴까 한다! 가정이란 인생에 있어 가장 소중한 행복을 창조하는 장소이며 동시에 휴식의 공간이기도 하지. 그 행복의 보금자리를 부모가 둥지를 틀어주는 것이다. 마침 각자 사귀는 배우자감이 있다하니 아주 잘됐구나. 결혼 전에 집으로 데려와 보도록 하자. 이 아빠가 심사해서 합격돼야 통과되는 거여! 못생기거나 눈 한쪽 없으면 불합격이다."

"호호호— 호호호— 아빠두 농담이 진하시네!"

현숙이가 아빠의 농담을 받아쳤다. 전부들 한바탕 웃음으로 화답했다. 이번에는 다문화병원 이보령 원장이 말한다.

"가을에는 결혼식 올리기로 각자 배우자와 상의해 보도록 하거라. 이제 배우자가 선정된 만큼 날짜를 잡아 합동결혼식을 올려보자. 어떠하냐? 멋진 아이디어가 아닐까!"

이에 큰아들 현석과 둘째 딸 현숙, 막내딸 현경이 찬성한다.

"우리 아빠 엄마 역시 멋쟁이야. 하하하— 호호호—"

사실 본인들은 혹시나 부모가 반대라도 할까봐 은근히 걱정을 하고 있던 차에 통쾌하게 허락하시니 기분이 너무 좋아 하늘을 나는 기분이었다. 정진이 다시 말한다.

"참, 하나 더. 다문화센터에 김우연 선생과 칸 씨도 이번에 결혼식을 올려주기로 했다. 두 선생은 우리 교회 다문화센터의 핵심 멤버로 초기부터 지금까지 헌신적인 봉사를 해온 홀

룡한 선생님들이지. 정말로 고마운 분들이야. 그런데도 아직까지 결혼식을 못 올려 옆에서 봐 오면서 안타깝게 생각해 왔는데 이참에 같이 식을 올려주기로 하자. 또 한 가지 아빠가 엄마한테는 이미 얘기를 했고 용서를 받았지만 아들, 딸들에게는 처음으로 이야기를 하면서 이해와 용서를 부탁한다. 미국 유학시절 본의 아닌 실수로 여자를 사귀게 되었단다. 같은 연구실과 실험실에서 실습하던 날 갑자기 옆에 실습대에서 불길이 솟아오르고 사람이 불기둥 속에 갇혀있는 상황이었지. 나도 모르게 뛰어들어 그녀의 가운을 확 제쳤지. 순간 불길은 잡혔는데 문제는 그녀의 속옷 브라우스까지 벗겨져 브래지어와 팬티만 입은 채 전라의 몸이 사람들 앞에 노출됐으니 얼마나 창피했겠어. 나는 나대로 민망하고. 그 후로 사례조로 식사를 몇 번 같이 하게 됐고 사귀게 된 거지. 여기까지가 다 아니고 또한 말 못 할 사정이 있단다. 미안하구나. 그리고 용서를 빈다. 애가 하나 생겼지. 이름이 존슨이라고 지금 7살 남자애지. 애비로서 면목 없구나. 용서를 바란다."

자녀들은 묵묵부답으로 저항하고 있었다.

"그리고 더불어 그쪽 식구들은 이 아빠를 봐서 용서하고 받아주기를 바란다. 이번 가을 결혼식에 그분도 초청하려 한다. 또한 앞으로 아빠 회사 정진그룹에 같이 근무하게 될거야. 존 슨은 대흥다문화 학교에서 공부하게 될 거고. 다시 부탁한다. 그리고 미안하구나. 이상이다. 다들 가서 일봐라."

이렇게 털고 나니 정진은 큰 짐을 벗은 듯 기분이 홀가분하니 개운하였다.

사실 그간 바쁜 일상에 치우쳐 다문화교회와 다문화센터에 대해서는 좀 소홀히 했던 것도 사실이었다. 그동안 무심했던 자신을 힐책하면서 두 사람을 조용히 불러 대화를 나눴다.

"김 선생, 그리고 칸 선생, 그동안 우리 다문화교회와 다문화센터에서 봉사도 많이 하셨고 애 많이 쓰셨어요. 두 분은 나이도 들으셨고 이제 결혼도 하셔 가정을 가져야 할 시기가 됐네요. 진작에 내가 챙겨줬어야 하는데, 좀 늦은 감도 있지만 이번에 자식들을 합동으로 결혼식을 올리기로 하였으니 같이 합동으로 혼례를 올립시다. 또 경제적인 문제는 정진그룹 새롬한솔신용금고에서 무이자로 필요한 만큼 대출해주기로 했고 또한 월급도 생활에 지장 없을 정도로 올려주기로 하였어요."

　김우연 선생과 칸 선생은 일생 최대의 기쁨 속에 둘이서 얼싸안고 깡충깡충 뛰었다.

　"하나님! 감사합니다. 우리 주정진 회장님 최고야. 꿈에 그리던 내 집과 가정을 꾸리게 됐으니 이게 꿈인지 생시인지 구분이 안 되어요!"

　김우연 선생은 고아 출신으로 고생고생하면서 여기까지 오는데 수난과 고통의 역사였다. 그는 신문배달, 건축현장 등 막벌이 노동으로 대학을 졸업한 착한 모범생이었다. 또한 필립핀 출신 칸 선생도 일찍이 고국을 떠나와 고학으로 장학금받으며 대학을 졸업했으니 고생이 이만저만이 아니었을 것이다. 그들의 오늘 이 기분은 하늘 높이 치솟아 저 흘러가는 구름을 타고 어디론가 날아가고 있었다. 정말 황홀경 그 자체였다.

　무더위에 지친 하루를 시원한 음악으로 풀어주던 매미소리도 사라지고 아침, 저녁으로 선선한 바람이 불더니 금방 가을이 돌아왔다. 한편 코로나 환자도 하루 30명 이하로 줄어들고 백신도 정상적인 접종이 되고 있었다. 이런 상황이라면 9월 집단면역도 가능하고 경제도 정상적으로 성장에 무리가 없을 듯했다. 아울러 국민들의 불안한 심리도 안정되어가고 있었다. 늦었지만 참 다행이었다.

대한민국 대통령도 기분이 좋았는지 국무회의를 소집하고 점심에 영부인께서 손수 빚은 만둣국으로 고마운 마음을 표시하였다. 물론 백신 조달에 결정적인 역할을 해온 주정진 고문도 초청되었고 대통령의 칭찬도 입에 침이 마르도록 하였다.

한편 세계적으로 코로나 펜데믹도 꺾이고 무역과 여행이 풀리는 듯 공항도 초만원으로 발 디딜 틈이 없었다. 사회적 여건이 점차 좋아지자 정진은 자녀들 결혼을 마무리져야 했다. 퇴근길에 잘 아는 동양철학하는 후배 김찬란을 만나 차 한 잔 나누면서 사정 이야기를 하였다.

"아! 형님 좋은 날 잡아드리겠오."

하고는 2021년 10월 3일 개천절로 잡아주는 것이다.

D-day 한 달 전에 업무가 쌓이고 바쁜 중에도 정진은 밤잠을 할애하면서 사돈될 각 나라 수상과 대통령에게 수기로 일일이 편지를 써 예의를 표했다. 미국 대통령 존 바이든, 일본 총리 스가 요시히로, 중국 국가주석 시진핑에게 친필로 편지를 썼다.

경애하는 미합중국 존 바이든 대통령 각하!
오늘 존경하는 각하께 인사 올리게 됨을 영광으로 생각합니다. 귀댁의 따님 존 스미스 양과 제 자식 주현석 군의 백년가약을 진심으로 축하드립니다. 국무에 바쁘시겠지만 참석하시어 자리를 빛내주시면 감사하겠습니다.
일시 : 2021.10.03.12:00
장소 : 대한민국 청와대 열린뜰
2021.9.3 대한민국 국회의장 Joo Jung-Jin 올림

또한 중국 국가주석과 일본 수상에게도 같은 양식으로 국제 우편으로 보냈다. 가을철로 접어들자 전국이 마치 물감이라도 뿌린 듯이 단풍으로 아름답게 물들었고 길가에는 코스모스가 한들한들 춤을 추고 있다. 사시장철 중 가을 풍광이 더 예쁜 것은 샛노란 은행잎이 더욱 돋보였기 때문일까! 한국의 가을

은 정말 아름다운 계절이다.

드디어 D-day 날이었다. 국제적인 행사를 치른다는 것이 왠지 어색하고 준비도 부족하여 어설프기만 하였다. 오늘따라 청와대 경치가 너무 좋아 감탄했다. 맑은 태양은 아침부터 북한산에서 빛나고 푸르르게 우거진 편백나무 숲속에서 뿜어 나오는 피톤치드의 향긋한 내음은 금방이라도 폐에 들어가 약효가 발생하는 듯 피로가 싹 풀렸다. 산새들이 재잘재잘 아침방아를 찧고 높고 푸른 가을 하늘에는 솜털 같은 흰 구름이 유유히 흘러가고 있었다.

또한 정진은 한국의 멋진 가을 풍광에 도취되어 설악산, 지리산, 속리산의 가을 단풍을 즐기고 있는 헬렌 박사를 결혼식장에 초청하여 가족에 인사시키고 가족석에 동참하는 배려를 잊지 않았다. 또한 이참에 부인의 헬렌에 대한 콤플렉스도 다소 완화시킬 기회라 생각하였다. 하지만 부인 이보령의 심정은 화가 머리끝까지 치밀어 올랐지만 차마 어쩔 수가 없어 참아야만 했다. 부인은 표정을 가다듬어 미소를 지으며 헬렌에게 반갑다는 인사를 하고 자기의 옆자리에 앉혔다.

식장은 경내에 넓게 자리 잡은 열린뜰로 강대상과 마이크를 준비했고 신랑 신부가 통과하는 입장문을 꽃다발로 아취형식으로 만들었다. 이만하면 야외식장 치고는 그런대로 어울리는 분위기였다. 정오 가까이 되자 경호차가 에스코트하는 사돈나라 수상들이 도착하기 시작했다. 자연도 분위기를 눈치챘는지 청와대는 바람소리조차 잔잔했다.

드디어 시간이 되어 사회자가 오늘의 주례 선생님은 대한민국 대통령이 맡기로 했다는 것으로 주례의 성혼선언문이 선언되고 존 바이든 미국 대통령이 축사가 있었다. 이어서 일본 스가 요시히로 수상과 중국 시진핑 주석의 축사가 있었다.

마지막으로 주정진 국회의장이 답사를 하였다.

"존경하는 미국 바이든 대통령님, 일본 스가 요시히로 수상님, 중국 시진핑(習近平) 국가주석님, 오늘 신랑 신부 두 사람의 새 출발을 축하해주시고자 먼 걸음 마다하고 이 자리를 빛내주심에 심심한 감사의 말씀을 올립니다. 아울러 오늘 새 출발하는 신랑, 신부 네 커플에게 하나님의 무한한 축복과 사랑을 듬뿍 내려주시길 기도합니다. 성경 민수기(6.23~25)에 주님께서 그대에게 복을 내리시고 그대를 지켜주시리라. 주님께서 당신 얼굴을 비추시고 그대에게 은혜를 베푸시리라. 주님께서는 당신 얼굴을 들어 보이시고 그대에게 평화를 베푸시리라. 오늘 여기 오신 세 나라 G-3 미·일·중 3국 대통령, 수상, 주석님들께 감사의 예를 표하면서 부탁 말씀을 드리고자 합니다. 우리는 이제 사돈지간이 되었습니다. 서로를 위하는 길이 우리의 자녀를 위한 길이기 때문입니다. 우리는 이제 적대관계가 아닌 협력과 상생의 관계로 세계 평화를 이루는 모범을 보여야 한다고 생각합니다. 미래는 과학의 무한도전과 개발로 이뤄져야 하며 또한 그렇게 되리라 생각합니다. 특히 지금의 우리가 직면하고 있는 코로나 박멸에 세계가 합심하여 하루속히 퇴치하여야 합니다. 코로나19 같은 바이러스는 인간에게는 치명적인 바이러스이자 우리가 항체 백신을 개발했다 해도 금방 변이를 잘 하기 때문이지요. 이번에 번지고 있는 Covid19도 일부는 벌써 변형이 시작되고 있는 중이기에 앞으로가 더 위험합니다. 만약에 본격적인 변이가 일어나기라도 한다면 우리 의학기술이 따라잡을 수가 없습니다. 특히 인도같이 인구가 많고 의료기술이 취약한 나라에서 변이 종이 발생한다면 인간이 감당할 수가 없습니다 그 결과는 여러분이 아시다시피 지구상의 인구는 코로나바이러스에 의해 초토화돼 우리가 지

구를 버리고 화성으로 탈출해야 할 날이 올 수도 있지요. 명심
해야 할 오늘의 과제입니다. 영국 우주과학자 호킹 박사의 예
언과 같이 지구의 시대는 이제 끝나가고 있습니다. 새로운 우
주시대를 알린 머스크의 '스페이스 X'가 이 시대를 끌어가는
선두 역할을 할 것입니다. 이젠 지구에서의 냉전은 접고 새로
운 우주에서 삶의 터전을 마련해야 할 것입니다. 감사합니다."

한편 스피커에서는 경음악 요한스트라우스의 '아름답고 푸
른 도나우(the blue Danube)' 선율이 경쾌하게 흘러나오고 있었
다. 결혼식은 조촐하면서도 품위있게 진행되고 있었다. 시간
은 벌써 오후 1시를 넘기고 있었다. 식사는 함박스테이크에
와인을 준비했다.

주정진 의장은 각국 사돈 대통령과 수상 그리고 주석 사돈
에게 잔을 채우고 건배사를 제의한다.

"세계 평화를 위하여!"

사회자가 힘차게 연호한다.

"다 같이 잔을 높이 드시고 바이든 대통령께서 선창하시면 따라서 힘껏 외칩시다. 구호는 현재 이 장면을 한국의 전 국민과 세계인류가 보고 있습니다. 오늘만큼은 송구하오나 한국어로 해주시길 양해 부탁드립니다. 또한 질병도, 전쟁도 없었던 하나님이 만들어 주신 원초의 평화의 마을로 U-turn을 기대하면서 다음과 같이 큰소리로 외치겠습니다."

"세계 평화를 위하여!"
"에덴동산으로 U-turn을 위하여!"

힘찬 구호는 청와대 경내를 벗어나 북한산 정상에 메아리치고 한강 줄기 따라 서해를 거쳐 태평양, 대서양, 인도양을 거쳐 세계일주하고 U-turn하여 다시 청와대 경내로 돌아오고 있었다. 청명한 가을 하늘에는 흰 구름 한 점 하늘로 유유히 U-turn하고 있었다.

약사 출신 한진호 소설가 약학탐구 장편소설 『유턴』
스토리텔링의 스펙트럼(Spectrum) 빛깔!

문학박사, 문학평론가 김우영 작가

약사 출신 한진호 소설가 약학탐구 장편소설 『유턴』 스토리텔링의 스펙트럼(Spectrum) 빛깔!

문학박사, 문학평론가 **김우영** 작가
(한국문화해외교류협회 대표 · 대전중구문인협회 회장)

■ 들어가는 시

내 인생의 가을이 오면
달콤했던 추억만을 생각하기로 했다

시간과 공간 속에 닳아 없어지는 것들
유년시절 엄마 손잡고 외갓집에 갔을 때 외할머니가
따뜻한 사랑으로 주신 눈깔사탕 하나
지금도 입안에서 우물우물

정이 많았던 고등학교 시절에는
도시락을 나누어 먹던 부러운 친구들

냉수 마시고 갈비 트림하던 지존(至尊)
'한끼줍쇼'로 자존심 내려놓았던
대학시절 먹고 자고한 가정교사

호구지책으로 약국을 개업하고
사회봉사로 다문화교회와 한글교실을 운영했다

알콩달콩 사랑으로 키운 딸
결혼해 잘살고 있으니
무겁던 어깨가 가벼워졌구나

한세상 별거더냐
고스톱 몇 판 치고 홀홀 털고 나니
어느새 청춘은 저만치 흘러가 버렸구려

꽃피는 이 봄에
시 한 수를 생각해보면서

허기진 마음을 달래본다

"설한풍에 실눈
세상 내다보니

희뿌연 연무 사이
입춘이 아른거리고

아린(芽鱗)도 겨울잠 깨고 봄단장 바쁘다

아침 햇살 떠오르니
봄기운 완연하다
홍매화 쏟아낸 초경(初經)
산수(傘壽) 가슴 불태운다

산 너머 나비 한 마리 꽃잎 물고 날아 올까?"
— 한진호 소설가의 시「인생의 가을」전문

1. 청 · 바 · 지 50대 한진호 소설가의 열정

대한민국 중부권 문화예술 중심도시 한밭벌. 대전의 명소 보문산(보물산) 풍광의 수려함이 찬란한 신록으로 푸르뎅뎅 물들며 여름으로 들어서는 계절.

그간 대전에서 시와 소설을 쓰는 주촌(周村) 한진호 약사가 오랫동안 준비해온 약학탐구(藥學探究) 연작 옴니버스(Omnibus) 연작 장편소설 『유턴U-turn』이 선보여 화제가 되고 있다. 약학 소재의 소설은 국내와 해외에서 드문 내용이라서 그 가치를 더하고 있다.

또한 『유턴U-turn』 장편소설과 함께 제2시집 『다시, 몽돌의 노래』가 동시에 출간되었다. 80대 노(老)작가의 정열적인 기염에 주변에서는 놀라움을 표시하는 한편, 장도에 건필을 축하하는 갈채가 쏟아지고 있다.

한진호 약사는 올해 1940년생으로 81세가 되는 원로 소설가이시다. 현재 비영리국가봉사자립형문화나눔민간단체 한국문화해외교류협회와 대전중구문인협회 운영위원장이라는 중책을 맡아 문학박사 김우영 작가와 함께 운영하고 있다.

한국문화해외교류협회는 2007년 창립하고 그해 8월 중국 동북3성 최북단 하얼빈과 목단강 닝안시 경박호를 방문하여 현지 시인과 작가들이 문화교류를 하였다. 그 후 매년 해외와 문화교류를 하는데 지난 2016년 제7회 해외문화교류는 대전광역시와 자매도시 중국 칭다오를 방문 3천여 권의 한국어도서를 기증하고 제1호 한중문화도서관을 개관하였다. 이때 이화학교를 방문 제1회 한중시낭송경연대회를 열고, 칭다오 변두리에 있는 백두산양로원을 방문 위안공연을 하였다. 이 행사에 따른 공로로 한진호 소설가는 중국칭다오작가협회로부터 '중국문학상'을 수상했다.

한국문화해외교류협회는 해외 6개 지회, 국내 12개 지회 등 총 18개 지회 500여 명이 국제적인 민간단체이다. 한진호 소설가는 서울경기지회를 비롯하여 경남지회, 광주광역시, 충청지회 보령 작가, 문학회 회원들과 활발한 교류를 하고 있다.

한편, 한진호 운영위원장님은 대한민국 중부권에 위치하며 21세기 인문학을 선도하며 다양한 문학컨텐츠(Book Content)

를 창조하고 있는 대전중구문인협회를 육성 발전시키고 있다. 대한민국 중부권 인문학의 요람으로 진화하고 있는 대전중구문인협회는 2003년 3월 창립하여 올해로 창립 18년차를 맞아 새롭게 인문학창조의 변신을 시도하고 있다.

한진호 운영위원장은 김우영 회장과 함께 매년 종합문예지 '대전중구문학'지를 출간하는데 올해로 제18호를 출간했다. 매년 문학적 역량을 발휘한 회원의 작품을 공모하여 '대전중구문학대상'을 시상하기도 한다. 그간 '책 함께 읽기 운동'을 비롯하여 '북 콘서트'와 '시낭송회' '저자 팬 사인회' '저서 출판기념회' 등을 추진하는 한편, 대전 중구 은행동 중앙로 지하상가와 대전천, 유등천 주변에서 음악회를 개최하는 등 다양한 문화행사를 활발하게 운영하였다.

대전중구문인협회는 교수, 시인, 작가, 음악가, 화가, 공무원, 회사원, 사업 등 100여 명의 다양한 직업군이 모여 '문학'이란 얼개(Structure)로 하나의 동그라미를 그리며 회원들의 문예창작을 비롯하여 지역주민의 결 고운 정서를 함양시키고 있다.

또한 한진호 소설가는 한국문화해외교류협회와 대전중구문인협회 회원들이 편안히 이용하도록 국토의 중심 대전 중구 대흥동 중구청 옆 자신이 운영하는 대전당약국 건물 5층을 무상대여로 편의를 제공하여 회원들로부터 갈채를 받고 있다. 한진호 소설가는 한국문화해외교류협회와 대전중구문인협회를 10여 년 운영하면서 이렇게 말한다.

"지금은 21세기 문화의 시대입니다. 인터넷과 네트워킹이 확대되면서 글로벌시대에 걸맞게 지금은 전국은 물론 중국, 미국, 일본, 우즈베키스탄에 이르기까지 지구촌을 넘나들며 광폭(廣幅) 활동을 하고 있어요. 본디 문학(文學, Literature)이라는 그릇은 경계가 없는 것입니다. 한 편의 시(詩)에 우주를 담기도 하고, 한 편의 소설(小說)에 지구촌을 담기도 하는 것이지요. 그만큼 창작의 세계는 무한(無限)하지요. 그래서 우주만물은 하느님이 만들었지만, 그 속에서 펼쳐지는 인류군상의 이야기는 작가가 붓으로 희로애락을 창조한다고 하지요. 즉 문학적 실크로드 정신세계창조는 작가의 몫이라는 것이지요! 따라서 앞으로는 중앙아시아 우즈베키스탄과 중국을 방문하여 폭 넓게 문화교류를 해나갈 예정입니다."

한진호 소설가는 국내·외 회원들과 종종 술자리를 하면서 건배를 외치고 좋은 문예창작을 하자며 단체를 선도하고 있다. 충남 금산에서 시를 쓰는 황한섭 회원은 이렇게 말한다.

"우리 협회의 희망봉인 한진호 소설가님. 약주도 잘하시고 글을 열정적으로 잘 쓰시어 국내외의 많은 회원들의 거울입니다. 존경합니다."

한진호 소설가는 주위 회원들을 향하여 막걸리잔을 들며 건배를 외친다.

"내 인생의 나이는 80대이지만, 내 마음의 나이는 아직 50대 펄펄 끓는 청춘입니다. 그래서 건배 구호를 청·바·지로 합니다. 자, 잔을 높이 들어요. 청-청춘은, 바-바로, 지-지금부터 입니다. 파이팅!"

"우리 형님 건강하시어 좋아요. 하하하—"
"우리 오빠 만 만세. 호호호—"

2. 문학(文學, Literature)에 대하여

문학(文學, Literature)은 학문이라는 뜻으로 사용한다. 예전에는 학문의 발달과 더불어 점차 의미가 한정되어 자연과학이나 정치, 법률, 경제 등과 같은 학문 이외의 학문, 즉 순수문학, 철학, 역사학, 사회학, 언어학 등을 총칭하는 언어가 되었다.

오늘날에는 그 의미가 한정되어 단순히 순수문학만을 가리킨다. 따라서 문학이란 문예와 같은 의미로 다른 예술, 즉 음악, 회화, 무용 등의 예술과 구별하고, 언어 또는 문자에 의한 예술작품, 곧 종류별로는 시, 소설, 희곡, 평론, 수필, 일기, 르포르타주(Reportage) 등을 가리킨다.

문학은 자신의 직·간접 체험을 바탕으로 하여 상상력을 펼치며 언어를 수단으로 표현하는 언어예술이다. 오늘날 문학이란 문자로 쓰어져 주로 책의 형태를 띠고 있는 것을 가리키지만 말로서 전해 내려온 문학, 즉 신화, 전설, 설화, 민담 등도 구비문학(口碑文學)이라고 하여 문학의 범주에 넣을 수 있다.

3. 문학(文學, Literature) 분야의 상남자, 소설(小說, Novel, Fiction)

소설(小說, Novel, Fiction)은 시, 시조, 수필, 평론, 희극 중에서도 문학분야의 상남자로 뽑힌다. 따라서 작가의 상상력 또는 사실에 바탕에 허구로 이야기를 꾸며 나간다. 산문체의 문학 양식. 일정한 구조 속에서 배경과 등장인물의 행동, 사상, 심리 따위를 통하여 인간의 모습이나 사회상을 드러낸다. 분량에 따라 장편, 중편, 단편, 꽁트로 나뉜다. 내용에 따라 과학소설, 역사소설, 추리소설 따위로 구분할 수 있다. 옛날의 설화나 서사시 등의 전통을 이어받아 근대에 와서 발달한 문학양식이다.

소설은 현실에서 소재를 선택하여 그것을 수정하며 보증하여 있을 법한 이야기로 구성한 예술품과 허구를 가공적으로 쓰고 있다. 소설의 구성 3단계로서 1단계의 갈등 분규를 일으키는 전개와 2단계의 절정을 유발하는 전환의 계기, 절정을 유발하는 전환의 계기의 위기, 주인공의 운명이 분명하고 성패가 결정되는 해결의 결정으로 막을 내린다.

소설의 시점은 주인공 시점의 자신의 일에 관해 이야기하는

1인칭 구성과 주인공과 가까운 사람이 이야기를 구성하는 2인칭, 다른 사람이 객관적으로 이야기하는 3인칭 구성, 작가가 인물의 내외적인 면을 자세히 묘사하는 전지적인 작가 시점의 구성이 있다.

4. 의학과 약학 소재의 국내와 해외 소설 사례

그동안 국내와 해외에서 의학이나 약학 소재의 연구서나 실용서, 르포 등 다양한 분야로 출간하여 소개되었다.

그 가운데 국내 의학 소재의 소설은 '이낙준 작가'가 쓴 화제의 장편소설 메디컬소설 『중증외상센터, 골든 아워』가 몬스터출판사에서 출간되었다. 외상외과 전문의 '이국종 교수'의 분투를 지켜보며 작가가 쓴 르포소설이다.

그리고 충남 천안 신부동에 소재한 이비인후과 전문의 '양희찬 원장'이 소설집 세 권을 출간하였다. 장르는 『추리소설』이다. 양 원장은 "우리나라는 의학추리소설 분야의 불모지로 불릴 만큼 관련서적이 많지 않다"며 "동양인, 특히 한국인의 정서에 맞는 의학추리소설을 쓰고 싶다는 생각은 오래전부터 갖고 있었다"고 말했다.

반면, 해외의 의학 소재 소설은 미국 일류병원을 소재로 '사무엘 셈 작가'가 쓴 『하우스 오브 갓(그 의사는 왜 병원에서 몸을 던졌을까?)』이 있다. '하우스 오브 갓'이라는 병원에서 일어나는 일을 소재로 쓴 내용이다. 내과의 연수를 위해 '하우스 오브 갓' 병원에 모인 다섯 명의 인턴들. 헌신과 과로 사이에서 고군분투하며 각자 다른 방법으로 극복해 나가는데…? 과연 그들은 '현대판 구세주', 진정한 의사가 될 수 있을까에 대한 자문을 구하는 소설이다.

또 미국 '로빈쿡 작가'가 쓴 『감염』이란 의학소설이 있다. 뉴욕타임스가 선정한 베스트셀러로서 애틀랜타의 한 여인 '마리사 블루멘탈'이 의료세계의 치명적인 비밀을 폭로하는 내용이다. 그는 적극적인 분투로써 전국에 휘몰아친 전염병의 발병과 그와 동시에 일어나는 현상들에 대해 철저하게 밝혀내고 있다.

그리고 '비바비보(VivaVivo)' 작가의 40번째 책 『난 모기에 물리지 않아?』가 있다. 모기에 물리지 않는 특이 체질을 지닌 7학년 소녀 '날라'. 흑인 아버지와 백인 어머니 사이에서 태어난 케냐 출신 미국인. 3살 때 아빠와 헤어져 엄마와 함께 미국으로 건너왔다. 날라의 특별한 능력을 알게 된 제약회사 대표의 제안으로 날라 일행은 감염병 예방연구차 케냐로 날아간다. 날라는 말라리아라는 풍토병의 위험 속에서 살며 아프리카 친구들과 건강한 삶을 나누고 있다.

이어 일본 '하야시 고지' 작가가 써 2020년 1월부터 3월까지 NTV에 방영된 『톱 나이프, 천재 뇌외과와 조건』이 있다. '뇌'와 타인을 위하는 긴박한 의료세계를 휴머니즘으로 엮어 감동적으로 그려낸 이 드라마가 국내에는 '김현화 번역가'의 손을 거쳐 '도서출판 오렌지디'에서 출간되었다. 일본 의학 드라마는 시청률 보증수표라는 통설이 있듯이 10%의 상회를 보였다고 한다. 그리고 일본 나카야마 유지로 작가의 『울지마, 인턴』이 있다. 나카야마 유지로의 소설책은 의사가 되고 싶다면 꼭 한 번 읽어 볼만한 책이다.

한편 국내 약학 소재의 소설은 서울 성동구 옥수역 인근 작은 동산을 배경으로 쓴 '이범식 약사'의 소설집 『뚜나바위』가 있다. 어린시절 '뚜나바위'에서 꿈과 희망을 키워왔던 한 약사의 삶을 담은 이야기다. 대한약사회 법제이사이며 서울 동작구약사회장인 이범식 약사는 최근 장편소설 『뚜나바위』를 출간하고 독자들의 관심을 모으고 있다. 『뚜나바위』 저자 이범식 약사의 자전소설은 픽션을 올곧게 담아 애잔하고 흥미진진한 구성으로 돋보이는 소설로 평가받고 있다.

그리고 '한진호 소설가'의 대학 후배인 '이준영 약사'가 쓴 책 『파라미터O』가 있다. 서울대 약대와 동대학원 석사과정에서 약제학을 전공한 후 현재는 제약회사 연구원으로 일하고 있다. 이 약사가 쓴 장편소설 『파라미터O』는 방사능으로 대기가 오염된 세상에서 살아남은 소수의 사람들이 종족 보존을 위한 작은 시설에서 목숨만 겨우 부지한 채 살아가는 이야기이다.

그리고 지난 1950년 충남 금산에 삼남제약주식회사를 창립한 '김순기 회장'이 1992년 『所思峯 아래 작은 숨소리』와 1998년 『문화유산으로서 錦山曲蔘』이라는 약제연구서를 출간하였다. 30여 년 전 제약 관련 저서가 전무하던 시절 인삼이 의약품으로서 미치는 물질성 확립과 약효평가방법론을 제시하였다. 특히 당시 제약업에 종사하는 현장감과 이론의 집합체를 결합한 약학연구서로서 그 가치의 효용성을 높이었다는 평가를 받고 있다. 부전자전(父傳子傳)이라고 했던가? 김순기 회장의 아들 '김호택 연세소아과 원장'이 2009년 『생명, 그 황홀한 떨림』이라는 의학단상 에세이집을 출간하여 의학과 인간건강 유기체로 승화하는 계기가 되었다. 충남 금산의 향토기업인 삼남제약주식회사에 2대에 걸친 약·의학 전문연구서를 출간한 부자작가시대(父子作家時代)를 열어가고 있어 눈길을 끌고 있다.

이어 2021년 7월. 대한민국 중부권 문화예술 중심도시 대전에서 시와 소설을 쓰며 대전당약국 대표약사. '주촌(周村) 한진호 약사'가 오랫동안 준비해온 약학탐구(藥學探究) 장편소설 『유턴U-turn』이 선보여 화제이다. 80대 노(老)작가의 정열적인 기염에 주변에서는 놀라움을 표시하는 한편, 장도에 건필을 축하하는 갈채가 쏟아지고 있다. 특히 한진호 약사는 올해 1940년생으로서 81세가 되는 원로 소설가로서 노익장 필력을 과시하고 있어 눈길을 끌고 있다.

따라서 근래 약국에서 환자들을 직접 대하는 약사들이 올바른 약 사용법에 대해 쓴 책이 잇따라 출간되고 있다. 『내가 먹는 약이 독일까 약일까-건강지킴이가 알아야 할 약 지침서』(송연화 · 최혁재 共著)'와 『알고 먹으면 약 모르고 먹으면 독(노윤정 · 박세현 · 윤선희 · 최진혜 共著)』 등이다. 이 책들은 공통적으로 직접 약을 복용하는 환자들에게 약을 올바르게 복용하는 법과 약국을 방문했을 때 환자가 알아야 할 사항들에 대해 알려주고 있다. 또한 약에 대한 잘못된 상식, 오용과 남용으로 인한 부작용 등의 문제점을 알려주면서 약을 가볍게 여겨서는 안된다는 점을 지적하고 있다.

  해외의 약학소설은 현대 신약학 연구에 커다란 족적을 남긴 독일의 '게르트 타이센'의 역사소설 『갈릴래아 사람의 그림자』가 있다. 1986년 처음 출간한 이래 독일에서 75쇄를 찍고 영어, 프랑스어, 덴마크어, 스페인어, 이탈리아어, 중국어, 일어 등 19개 언어로 번역된 현대판 고전이다. 예수가 활동하던 시대에 관한 가장 훌륭한 입문서로 꼽히며 다수의 신학교에서 신학생들의 필독서로 선정되었다. 타이센은 복음서와 예수 어록(Q자료)뿐만 아니라 요세푸스, 필론, 타키투스를 비롯한 당대 역사자료에 기반을 두되 문학적 상상력을 발휘해 다채로운 인물들과 사건을 등장시켜 예수를 둘러싼 세계, 당시 로마 제국 속 유대인, 로마인들이 가졌을 법한 예수상을 다각적이고도 입체적으로 살필 수 있다. 학문적인 엄밀함, 상상력, 그리고 연장된 독서를 유도한다는 점에서 손에 꼽힐 만한 책이다.

5. 약사 출신 한진호 소설가 약학탐구 장편소설 『유턴(U-turn)』 스토리텔링의 스펙트럼(Spectrum) 빛깔

한진호 소설가는 장편소설 『유턴(U-turn)』 머리말에서 이렇게 표현하고 있다.

"문학은 결핍과 방황과 고뇌의 산물이라고 한다. 초등학교 4학년 6·25 한국전쟁 때 갯마을 외갓집으로 피난을 갔다. 외사촌 누이와 이종 누이의 사랑을 받으며 갯벌에서 고동도 줍고 예쁜 조약돌을 주워 공기놀이가 참 재미있었다. 썰물에 물이 빠지면 죽방렴 안에 갇힌 갈치, 숭어, 꽃게가 허둥댈 때 작살로 찍어 망태기에 집어넣는 즐거움은 지금 생각해도 통쾌한 일이었다.(中略) 성장기에 느꼈던 바다의 서정이 오늘의 소설가로 탄생한 게 아닐까 생각이 든다. 그래서일까! 내 작품에는 바다에 대한 추억으로 쓴 글이 많다. 또한 사춘기에 누이에게

서 느꼈던 야릇한 연민의 정은 이성에 대한 성숙한 그리움으로 변하여 공허감을 메우기 위해 만화나 이광수의 소설 『흙』을 읽었던 기억이 난다. 떠나간 연인을 그리워하는 절절한 사연도 나온다. 소설 속에 나오는 이상형의 여성을 짝사랑하였던 것일까! 팔순이 된 지금도 마음만은 청춘이다. 문학은 나의 생명수이다. 고통의 고비마다 나를 지켜주었고 삶의 카타르시스로 감정을 다스릴 수가 있었다. 고목에도 꽃이 핀다. 그 꽃의 향이 더욱 짙은 것은 방황과 고뇌하는 삶의 진솔함이 녹아 있기 때문이 아닐까 생각해본다.”

6. 약학탐구 장편소설 『유턴U-turn』 속으로 풍덩

약사 출신의 ‘한진호 소설가’의 약학탐구 장편소설 『유턴(U-turn)』은 총 제1장~제5장으로 구성된 약학 소재 소설이다. 유니크(Unick)한 21세기 글로벌시대 스토리텔링의 파노라마(Panorama) 스펙트럼(Spectrum) 빛깔이 조합된 옴니버스(Omnibus) 연작 장편소설이다.

대략적인 소설 구성은 이렇다. 제1장 마르티니의 서곡 U-turn. 제2장 U-turn 충남 공주 우리들유턴요양병원에서. 제 3장 U-turn 대전다문화교회 다문화센터 제주 나들이. 제4장 U-turn 주정진 세계 노벨의학상을 수상하는 쾌거. 클라이막 스이자 대단원의 막을 내리는 제5장 U-turn에서 주인공 주 정진은 G-3 미국 바이든 대통령과 일본 스가 요시히로 수상, 중국 시진핑 주석과 사돈을 삼는다. 청와대 경내 '열린뜰'에서 대한민국 대통령의 주례 속에 국제적인 결혼식을 올린다. 이 렇게 21세기 글로벌 뉴스 지상 최고의 아름다운 파노라마 (Panorama) 푸른 도나우강의 선율로 대단원을 맺는다.

한진호 소설가의 약학탐구 장편소설의 『유턴U-turn』 주요내 용은 이렇다. 저자가 약사이다보니 당연히 학술적인 약학의 접근이 소설 문장 전반에 K-마이신이 실려 있다. 그리고 군대 시설 한탄강변에서 약국에 근무하는 약사 경화와 러브스토리 가 있었다. 또한 미국 UCLA 대학 연구실 시절 '헬렌'과 서정 적 아롱진 연민이 있었다.

결국 충남 공주 '우리들유턴요양병원'에서 인연이 된 '이보 령 원장'과 미국을 가다가 한국으로 U-turn하여 대전에 정착 한다. 이어 정진그룹을 창립 경제적인 부(富)를 축적하고 국회의원을 거쳐 국회의장으로 출세가도를 달린다.

또한 슬하의 자녀 셋이서 미국 대통령과 일본 수상, 중국의 주석 자녀와 결혼으로 G-3 국가수반과 사돈을 맺는다. 이로서 21세기 세계의 중심 동북의 대한민국이 글로벌 중심의 주인공이 된다는 장편소설이다.

제1장 마르티니의 서곡 U-turn과 제2장 U-turn 충남 공주 우리들유턴요양병원에서를 살펴보자. '주정진'은 당대 최고의 엘리트 미국 유학파와 충남 공주 정안면 '우리들유턴요양병원' 이보령 원장이 살갑게 나누는 러브스토리 내용이 주요소를 이루는 전지적 작가 시점의 소설이다. '유턴'이라는 제목의 어휘가 눈길을 끄는데 소설가가 설정하는 제목은 간단하지가 않다? 공주 유구터널에서 유턴하여 우리들유턴요양병원으로 돌아오라는 의미심장한 문장 속의 기교라던지? 주인공 주정진과 이보령 원장의 미국행을 다시 고국으로 유턴시키는 것이라던지? 미국행 비행기에 급병환자의 갑작스런 변고로 인하여 비행기를 유턴시키는 것이라던지? 제목에서 주는 의미심장한 메시지를 암시하는 뛰어난 소설적 구성기법이다.

작품 해설

소설이란 현실에서 소재를 선택하여 그것을 수정하며 보증하여 있을 법한 이야기로 구성한 예술작품이다. 즉 허구를 가공적으로 쓰는 것이다. 소설의 3요소인 주제(Theme), 문장(Sentence)과 문체(Style)가 전제되고, 구성의 3요소 인물(행동의 주체) 배경, 사건을 전개하는 것이다. 그리고 구성 3단계 발달로서 소설의 서두, 등장인물 소개, 배경의 확정, 사건의 실마리 전개이다. 또 위기와 절정을 유발하는 전환의 계기, 결말에 주인공의 운명이 결정된다.

여기에서 주인공 정진은 서울대학교 약학대학을 졸업하고 논산훈련소를 거쳐 대구 군의학교를 마친 후 전방 메디컬부대 사령부 의무중대에 배치를 받아 복무하다가 제대하였다. 정진은 군대 제대 후 미국 경영대학원(MBA. Master of Business Administration)에서 공부를 하고 있었다. 군대시절 한탄강변에서 쌓은 약사 경화와의 실연(失戀)을 잊을 겸 태평양 건너 미국을 선택했었다.

고국의 홀어머니와 고국 향수에 대한 노스텔지어를 겪다가 귀국한다. 귀국 후 마땅한 일자리가 없어 충남 공주 우리들유턴요양병원에 우선 취업한다. 이곳에서 훗날 부인이 될 이보령 원장과 만나 공주 금강변을 따라 연인으로 지낸다. 그러던 중 우리들유턴요양병원 운영에 회의를 느끼면서 정진은 미국 UCLA 대학 연구실에서 같이 공부했던 친구로부터 한 통의 전보를 받는다.

"이곳 일이 잘되어가고 있음. 빨리 돌아 올 것! Jhon martine"

미국 UCLA 대학 연구실 친구 셋이서 벤처기업 창립을 목표로 연구하던 프로젝트가 있었다. 벤처기업 인증을 받으면 최대 매년 20만 달러씩 3년간 정부지원을 받을 수 있었다.

정진은 충남 공주 우리들유턴요양병원에 사표를 내었다. 그리고 미국을 향하는 비행기 안에서 연인으로 지내던 공주 우리들유턴요양병원 이보령 원장과 뜻밖의 동행을 한다. 둘이서 의기투합하여 미국을 향하던 중 갑작스런 승객의 급병이 발생하자 주정진 박사가 가지고 있던 상비약 '니트로구리세린(Nitroglycerine)'을 복용시켜 이보령 원장과 함께 위급환자를 살려낸다. 그러면서 둘이는 손가락을 걸고 약속한다.

"좋아요. 미국행이 아닌 다시 고국으로 U-turn. 령보이도

작품 해설

U-turn. 하하하——!"

"호호호—— 미투 유턴, 주정진 박사님 호호호——"

제3장 대전다문화교회 다문화센터 제주 나들이. 주인공 주
정진이 드디어 일생일대의 꿈을 이룬다. 부인 다문화병원 이
보령 원장과 함께 CMO(제품을 위탁 생산하여 판매) 운영으로 세
계적 명문 메이커를 노렸으나 자본이 부족하여 L/O(라이센스
아웃)로 방향을 바꾸었다. 35억 달러의 가치가 산정되어 세계
적 다국적 기업 BMC에 매도한 것이다.

이 신약은 흔히 버거병이라고 하는 난치병으로 세계적으로
30초마다 한 사람씩 발을 절단하는 제2의 한센병이라는 현대
의 불치병이다. 그토록 오늘의 의료계에서는 시장성 있는 귀
한 신약으로 L/O(기술 수출)로 35억 달러를 받을 수 있었다.
바이오업계에서는 대박 났다고 야단들이지만 사실은 차기 신
약도 곧 FDA 임상 3상이 끝나가고 있으며 연이은 파이프라
인이 개발 중으로 곧 후속타도 나올 가능성이 가시화 단계에
와 있다.

정진의 U.K Medicine Therapy의 주식은 하루가 다르게

상승하고 있다. 근래에 드문 대박 나고 있었다. FDA(미국 식약청) 허가만 떨어지면 여기저기서 서로 사가려고 야단일 것이 확실하다. 미국과 독일계 창업자 연구원 2명과 주정진이 주축이 되어 연구원 석·박사 30명, 일반직 30명의 대가족의 U.K Medicine Therapy 전 직원은 한결같은 마음으로 연구에 혼신의 정열을 쏟았기에 오늘의 성과와 영광을 얻어낸 것이다. 성과급으로 분배를 하여 주정진은 다른 2명의 창업자와 함께 각각 10억 달러를 받을 수 있었기에 정진은 대박이 난 것이다. 10억 달러를 손에 쥔 순간은 생시인지 꿈인지 정신을 못 차렸다. 이 엄청난 큰 돈에 주정진은 가슴이 콩닥콩닥 뛰었다.

막대한 자본력으로 '정진그룹'을 강화시키고 다문화병원, 다문화약국 그리고 다문화교회와 다문화센터, 새롬대전상호신용금고를 창업하였다. 필요한 경비가 년 15억 원이 넘었지만 약국과 병원 그리고 새롬대전상호신용금고에서 벌어들인 수입이 있고 또 로얄티가 일정액씩 대주주 통장에 입금되고 있다.

그러다가 코로나 극성으로 국내외가 어수선하다. 코로나 확산의 사회현상과 맞물려 의학과 약학분야의 필요한 인물로 부

상한 주인공 주정진은 정진그룹에서 벌어들인 경제적인 부
(富)를 기반 삼아 국회의원에 당선되어 국회의장으로 뽑힌다.
유능한 약사로서 청와대에까지 인정되어 코로나시대에 보건
복지부 자문역을 맡아 코로나의 위기상황에 국가적으로 대처
한다.

 사업과 정치적으로 안정가도를 달리는 정진. 평소 글로벌
함양정신으로 대전 정진그룹 산하에 운영 중인 다문화교회와
다문화센터를 확장 활성화시킨다. 다문화센터에 한국어교실
을 마련하고 외국인 이주민을 초청하여 임준홍 목사와 김우연
한국어 강사화 함께 운영하였다. 수강 중인 다문화가족을 인
솔하여 제주도를 문화탐방하는 등 다가오는 21세기 다문화주
의 다문화국가를 준비했다.

 이어 제4장 U-turn은 주정진 세계 노벨의학상을 수상하는
쾌거의 소식. 다문화주의 다문화국가의 시대를 맞아 정진은
그간 다문화센터에서 특강한 문학박사 김나은 교수와 김우연
교수를 아프리카 탄자니아 다르에스살렘 국립 외교대학 한국
어학과에 파견시키는 업적을 이룬다. 이에 따라 정진그룹 다
문화센터 제1호 한국어학과 파견교수가 탄생하게 된 것이다.

따라서 앞으로 아프리카 54개국 13억 다문화가족에게 한국어 지도와 한국문학도서관 개관 운영 및 한국문학과 문화를 전파하는 대한민국 한류(韓流)에 큰 몫을 하게 된 것이다.

끝으로 클라이막스이자 대단원의 막을 내리는 제5장 U-turn에서는 한진호 소설가의 약학탐구 장편소설 『유턴U-turn』은 성공적인 도약을 한다. 슬하의 자녀 셋이 미국 대통령과 일본 수상, 중국의 주석 자녀와 결혼으로 G-3 국가수반과 사돈을 맺는 21글로벌 중심의 주인공이 된다는 장편소설이다. G-3 미국 바이든 대통령과 일본 스가 요시히로 수상, 중국 시진핑 주석과 사돈이 된다. 대한민국 대통령의 주례 속에 국제적인 결혼식을 올린다. 이렇게 21세기 글로벌뉴스 지상 최고의 아름다운 파노라마(Panorama) 푸른 도나우강의 선율로 대단원을 맺는다.

한진호 소설가의 약학탐구 장편소설 『유턴U-turn』은 전지적인 작가 관찰자 시점으로서 인물의 내외적인 면을 자세히 묘사하는 소설문장으로서 성공을 거두고 있다.

7. 국내 초유의 정통 약학소설 금자탑을 쌓은 한진호 장편소설 『유턴 U-turn』

  그동안 국내와 해외에서 의학분야나 약학을 소재로한 연구서나 실용서, 르포글 등이 다양한 분야로 출간하여 소개되었다. 그러나 약학을 주제로한 책은 드물 뿐 아니라 약학 소재의 장편소설은 그 유례를 찾을 수 없을 정도로 특이한 케이스이다.

  예컨대 2021년 7월. 대한민국 중부권 문화예술 중심도시 대전당약국 대표약사 한진호 소설가의 약학탐구 장편소설 『유턴U-turn』은 어디에 내놓아도 손색이 없다.

  80대 노(老)작가의 50대 청춘의 정열적인 한진호 소설가의 『유턴U-turn』에는 젊음의 방황과 사랑의 로맨티시즘이 있고 허무의 콤마가 있다. 더 나아가서는 약학을 통한 하나하나의 사항을 연구하고 실험하여 그로부터 공통된 점을 추출하는 귀납법이 내존한다. 또한 하나하나의 인식에 도달하는 경험주의 형이상학적인 사물의 근저와 삶의 근본원리 우주인생의 경험과학 형이상학이 『유턴U-turn』에 승화되고 있다.

대전의 약사 출신 한진호 소설가에 약학탐구 장편소설『유턴U-turn』스토리텔링의 스펙트럼(Spectrum) 빛깔, 그 파노라마(Panorama) 세상에 국내와 해외독자 여러분을 초대합니다.

8. 한밭벌 대전 50대 청바지의 소설가 한진호 청년은?

아호를 주촌(周村)으로 불리는 시인이자 한진호 소설가는 중국과 맞닿은 푸르런 서해바다가 보이는 충청남도 보령시 주포면에서 출생하였다. 한 소설가의 재주를 일찍이 알아본 부모님은 대전고등학교를 거쳐 서울대학교 약학대학에 보내 우수한 성적으로 졸업한다.

서울에서 대학을 졸업하고 지난 1967년부터 대전에 내려와 대전역 부근에서 약국을 개업하여 지금의 중구 대흥동으로 건물을 마련하여 50여 년 동안 운영 오늘에 이르고 있다. 한진호 약사는 웬만한 고질적인 질환에 대한 명약 조제약사로 소문이 자자하였단다. 그래서 한때 한방과 양방의 이름난 약사로 지역에서 원근(遠近)에도 불구하고 약국을 찾는 이들이 줄을 이었다고 한다.

작품 해설

주촌 소설가는 2014년 10월 한국문화교류협회에서 발행하는 문예지 해외문화 제13-14호에 「잊혀진 연정」이라는 시를 공모하여 신인문학상에 당선되었다. 따라서 제6회 한중문화교류회 행사장에서 신인문학상을 수상하고 한국문단을 두드리는 역사적인 첫발을 내디딘다. 이어 2018년 서울 월간 국보문학 8월호 제121기로 단편소설 「유턴」이 당선되어 소설가로 큰 발자국을 내딛는다.

　주촌 소설가는 본래 어린시절부터 타고난 학구파였다고 한다. 이러한 열성으로 대전고등학교와 서울대 약학대학을 거쳐 대전시새마을문고지회장과 대전시약사협회 학술위원장을 역임하였다. 또한 대전 중구 보문로 중구청 옆에서 대전당약국 대표약사로 근무하며 약사(藥師)들 문인 모임인 대한약사문인협회 회원으로 활동한다.

　한국문단 활동은 대한약사문인협회 이사와 한국해외문화교류회와 대전중구문학회 운영위원장, 한국국보문학회 소설분과 이사, 한중시낭송경연대회 심사위원장과 충청남도 금산 칠백의총 예능심사위원장으로 대내외적인 영역을 넓혀간다.

정부의 기관단체 수상은 2019년 제11회 대한민국 문화예술 국회과학정보방송통신위원장 국회의원 노웅래 소설부문 명인대상, 중국칭다오문학상, 해외문학상, 대전중구문학 대상, 대전광역시장 감사장, 대전광역시중구의회의장 표창장 등을 수상하였다.

그간 출간한 저서는 첫 시집『몽돌의 노래』제2시집『다시, 몽돌의 노래』, 장편소설『유턴U-turn』등과 공저집『해외문화』『대전중구문학』등 다수가 있다.

■ 나가는 '사랑의 기쁨'

사랑의 기쁨은 한순간이지만
사랑의 슬픔은 영원하지요
당신은 아름다운 실비아를 위해 저를 버렸고
그녀는 새로운 애인을 찾아 당신을 떠나요
사랑의 기쁨은 잠시 머물지만
사랑의 슬픔은 평생을 함께 하지요
— 마르티니의 이태리 가곡「사랑의 기쁨」전문

작품 해설

유턴 U-turn

1쇄 발행일 | 2021년 07월 24일

지은이 | 한진호
문장 감수 | 문학박사 김우영
펴낸이 | 정화숙
펴낸곳 | 개미

출판등록 | 제313 - 2001 - 61호 1992. 2. 18
주소 | (04175) 서울시 마포구 마포대로 12, B-103호(마포동. 한신빌딩)
전화 | (02)704 - 2546
팩스 | (02)714 - 2365
E-mail | lily12140@hanmail.net

ⓒ 한진호, 2021
ISBN 979 - 11 - 90168 - 31 - 1 03810

값 15,000원